잃어버린 이름에게

김이설 연작소설집
잃어버린 이름에게

초판 1쇄 발행 2020년 10월 26일
초판 2쇄 발행 2021년 6월 4일

지은이 김이설
펴낸이 이광호
주간 이근혜
편집 박선우 최지인 이민희 조은혜 방원경
펴낸곳 ㈜**문학과지성사**
등록번호 제1993-000098호
주소 04034 서울 마포구 잔다리로7길 18 (서교동 377-20)
전화 02)338-7224
팩스 02)323-4180(편집) 02)338-7221(영업)
전자우편 moonji@moonji.com
홈페이지 www.moonji.com

ⓒ 김이설, 2020. Printed in Seoul, Korea

ISBN 978-89-320-3786-8 03810

잃어버린 이름에게

김이설 연작소설집   문학과지성사

차례

우환

자궁경부 세포 검사상 반응성 세포 변화가 있습니다.

근주는 검진 결과 통보서를 한참 동안 들여다보았다. 반응성 소견 및 감염성 질환, 여러 가지 자극에 의한 세포 모양의 변화가 생긴 것입니다, 의료 기관을 방문하여 진료를…… 길게 이어진 문장들이 현실성 없게 느껴졌다. 그래도 권고 사항까지 꼼꼼히 읽은 후에 검사를 했던 병원에 전화를 걸었다. 보름 전에나 예약이 가능한 병원이라는 걸 알았지만 혹시나 하는 마음이었다. 예상대로 이미 예약은 꽉 차 있으니 내원해서 직접 접수 후에 진료를 받으라고 했다. 자궁경부암 검사 결과 때문이라고 하니, 접수할때 다시 말해달라고 했다. 그렇다고 빨리 진료를 볼 수 있다는 확신은 못 드리고요. 담당자의 덤덤한 어조에 근주는 어쩐지 마음이 놓이는 것 같기도 했다.

학원 설명회에 갔다가 막 돌아온 참이었던 근주는 그제야 싱크대 개수대에서 손을 씻었다. 옷을 갈아입고 곧바로 쌀을 씻어 안쳤다. 곧 아이들이 하교할 시간이었다. 멸치 육수를 내는 동안 냉동실의 새우감자전을 꺼내놓고, 양배추와 깻잎을 씻었다. 저녁은 강된장을 끓이고 양배추와 깻잎을 쪄낼 생각이었다. 새우감자전은 해동 후 기름에 살짝만 부치면 되고, 우엉조림과 멸치볶음, 어제 먹다 남은 김치볶음까지 내면 얼추 저녁상이 차려질 것 같았다. 식탁 위에 펼쳐진 아파트 관리비 고지서와 몇 가지 우편물, 결과 통보서 중에서 근주는 결과 통보서만 싱크대 맨 아래 서랍에 넣었다.

6시부터 두 아이와 남편이 30분 간격으로 귀가했다. 저녁 식사와 설거지, 과일 챙기기, 빨래 개기, 작은아이 학원 숙제 봐주기, 큰아이 학원 라이딩을 했고, 집 안 정리를 마치고 아이들 잠자리까지 봐주고서 침대에 누우니 자정이 다 되어 있었다. 남편은 핸드폰을 손에 쥔 채로 잠들어 있었다. 남편의 손에서 핸드폰을 꺼내는데 잠들기까지 보던 화면이 드러났다. 검색창에 자궁암 반응성 세포라고 적혀 있고, 의료 관련 블로그가 줄지어 이어지고 있었다.

매일 재활용 쓰레기 버리는 건 남편의 일과였다. 그길로 담배 한 개비를 피우고 들어오는 것이 남편의 오랜 습관이기도 했다. 재활용 쓰레기가 많지 않았지만 근주는 남편을 따라 나가 흡연 벤치에 같이 앉았다. 화단의 나무는 많았지만 휑하게 빈 공간마다 황량한 분위기가 맴돌았다. 근주는 나무 그늘 아래의 흡연 벤치에 앉아 검사 결과를 전했다. 이야기를 듣자마자 남편은 별일 아닐 거라고 첫마디를 뗐다. 다른 날과 달리 한 개비를 더 피운 남편은 집으로 올라오는 엘리베이터 안에서 근주의 어깨를 감싸 안았다. 엘리베이터에는 지하 주차장에서부터 올라온 중년 여성이 서 있었다. 덜렁 자동차 키만 쥔 채 무슨 생각을 깊이 하는지 층수도 누르지 않고 멍한 얼굴이었다. 근주는 남편의 손을 거뒀다. 그러자 남편은 병원에 같이 가줄까,라고 물었다. 남편의 입에서 심한 구취가 났고, 근주는 고개를 저었다.

"큰일 아닐 테니까 미리 걱정은 말자."

그러더니 우리 인생이 그렇게 스펙터클할 리가 없어,라는 말을 덧붙이며 기어이 웃음을 지었다. 근주는 따라 웃지 않았다.

건강검진을 받은 건 일주일 전 목요일이었다. 아이들의 개학에 맞춰 미리 예약을 해놓은 날이었다. 8월 말이면 늦더위가 기승을 부려야 하는데 이상하게 아침저녁으로 선선했다. 올해 건강검진 대상자는 홀수 연도 출생자였다. 근주는 1973년생이었고 결혼 20년 차였다. 결혼 5년 만에 큰아이를, 3년 터울로 작은아이를 낳았다. 두 아이 모두 딸이었고, 자연분만이었다. 근주의 초경은 초등학교 6학년 겨울방학 때였고, 생리 주기는 32일쯤 되었다. 첫 성관계는 스무 살 때 과 동기였고, 낙태 경험은 두 번. 자궁경부암을 앓았던 친정 엄마 때문에 다른 건 몰라도 자궁암 검사는 2년마다 꼬박꼬박 받아오고 있었다.

사실 문제라면 다른 데에 있었다. 지방 신도시로 이사를 온 건 작년 여름이었고, 이사 이후에 급격하게 살이 찌기 시작했다. 석 달 동안 약 15킬로그램이 불었다. 몸이 편해서가 아니었다. 생전 발 디뎌본 적 없는 곳으로의 이사는 근주에게 엄청난 스트레스였다. 한창 예민할 나이의 두 아이를 전학시키고, 잘 적응하는지 살피는 것이 제일 힘들었다. 매일 살얼음판처럼 초조하고 불안했다. 아는 사람 하나 없는 곳에서 새롭게 학원을 알아보고, 낯선 마트에 다니고, 새로운 도로를 익혔다. 몸은 물론이고 마음이 느긋한 날이 없었는데도 살이 올랐다. 한 계절 동안의 급작스러운 체중 증가는 분명 몸이 보내는 이상 신호일 터였다. 갑상선과 당뇨 검사를 했지만 이상 소견은 없었다.

이상 신호는 예상치 못한 곳에서 시작되었다. 겨울 초입부터 극심한 두통에 시달린 것이다. 매달 PMS 증상으로 편두통은 있어왔지만, 일상생활이 불가능할 정도의 두통은 처음이었다. 시중에서 구할 수 있는 진통제로 해결되지 않았다. 근주는 딱 일주일을 앓고 병원에 갔다.

혈압이 문제였다. 수축기에는 165, 이완기에는 100에 다다르고 있었다. 그래도 혹시 모르니 CT 촬영을 해보자는 제의에 근주는 동의했고, 검사를 마쳤으나 머리에 문제는 없다고 했다. 의사는 한번 확인해볼 게 있다면서 뒷목 부근과 어깨 근육을 만지더니, 아무래도 목 디스크가 아닌가 싶다고 했다. 디스크면 디스크여야지, 그런 것 같다는 건 무언가. 되묻고 싶었지만 근주는 입을 열지 않았다. 원체 질문에 대답을 시원하게 해주는 의사가 아니었다. 엑스레이를 찍었지만 정형외과에서도 딱 부러지게 목 디스크라고 명명하진 않았다.

근주는 혈압약을 처방받고, 그날부터 물리치료를 시작

했다. 50여 분 동안 누워서 전기 마사지를 받고 있으면 저절로 신음 소리가 나왔다. 일주일간 물리치료를 받고, 혈압약을 복용하니 전 고혈압 단계로 떨어졌고 두통도 말끔히 사라졌다. 보름마다 병원에서 혈압약을 처방받기로 했고, 근주는 그렇게 고혈압 환자가 되었다.

보름에서 한 달로 간격을 늘려 약을 처방받게 된 건 연초였다. 혈압약은 처음 분량에서 3분의 1 정도 줄었다. 대신 고지혈증약과 간기능회복제가 추가되었다. 3개월 만에 다시 한 혈액 검사에서 간 수치가 정상이 아니라고 나온 것이었다.

"이 정도면 매일 소주 한 병은 마시는 사람이어야 하는데, 술 먹어요?"

의사는 모니터에서 시선을 떼지 않고 말을 던졌다. 석 달 동안 달라진 건 몸무게가 조금 더 늘어난 것밖에는 없었다. 의사는 마우스를 탈칵거리며 화면을 위아래로 움직이길 반복했다. 근주는 말끔하게 면도가 안 된 의사의 턱을 바라보며 작은 목소리로 2년째 항우울제를 먹고 있다고 말했다. 간에 영향을 줄 수 있는 일이라고는 오래 먹어온 약밖에는 없다고 생각했던 것이다. 그 이유 때문은 아닐 텐데……라고 의사는 또 말끝을 흐렸다. 그럼 왜 그런

14

걸까요? 석 달 전 혈액 검사 때는 문제없었잖아요,라고 물었지만 의사는 대답하지 않았다.

병원은 내과, 이비인후과, 소아과, 정형외과, 응급의학과가 있는 2차 진료 기관이었다. 비염 때문에 계절마다 온 식구가 이비인후과를 다녔고, 작은아이 성장통 때문에 정형외과 진료도 받은 적이 있었다. 이비인후과와 정형외과 의사는 친절한 편이었다. 내과의만 유독 무뚝뚝한 편이었는데, 근주는 불필요한 사담을 건네지 않는 점이 싫지 않았다. 특히 항우울제를 먹는다는 말에 아무런 편견 없이 대꾸해준 것에 안도가 되었다. 근주는 누구에게도 정신과에 다니는 걸 말하지 않았다. 남편도 모르는 사실이었다.

"자주 피곤하세요?"

의사가 처음으로 근주와 눈을 마주치고 물었다. 근주가 그렇다고 했다.

"운동은 하세요?"

근주는 아니라고 대답했다.

"아이들 있죠?"

뜻밖의 질문이었다. 근주는 네,라고 짧게 대답했다.

"몇 살이에요?"

"저요?"

"아니, 애들."

"올해 중3, 초등학교 6학년 되는데요."

"10년 뒤여도 엄마가 필요할 나이인데, 애들한테 걱정 끼치는 엄마 되고 싶어요?"

근주는 질문의 뜻을 제대로 파악하지 못했다. 의사가 다시 모니터로 고개를 돌리며 말했다.

"운동하세요, 운동. 10년 뒤에도 애들 보고 살려면 지금부터 운동하세요."

얼결에 네,라고 대답을 하고 나오긴 했는데 근주는 의사가 무례한 것인지 무뚝뚝한 것인지 잘 구분이 되지 않았다. 종종 그랬다. 순간적인 판단이 서지 않아 시간이 지난 뒤에서야 깨닫고 나중에 후회를 하거나, 나중에 화가 나거나, 나중에 분노에 차거나, 나중에 슬퍼지곤 했다. 상황에 대해 즉각적인 반응이 느려지기 시작한 건 항우울제를 먹고 나서부터였다. 주체할 수 없이 사납던 마음은 고요해졌으나 종이 한 장 자르지 못하는 무딘 칼처럼 둔탁해진 것도 그 탓이었다. 문제라면 자궁이 아니라 정신이어야 했다. 차라리 간이었으면 납득이 갔을지도 모른다.

연초부터 3개월 간격으로 소변 검사와 피 검사를 해왔다. 간 수치는 정상으로 돌아왔고, 혈압약은 가장 작은 조각으로 줄어들었다. 매일 한 시간씩 걷고, 저녁 한 끼를 샐러드로 바꾼 결과였다. 외관으로는 표가 나지 않았지만 체중도 3킬로그램 정도 준 상태였다. 위와 대장 내시경 검사 결과 깨끗하다고 했다. 근주는 사뭇 건강해진 기분이 들었다. 그래서 연말까지 미룰 거 없이 건강검진을 받았던 것이다.

내과 검사를 마치고 부인과 검사를 받았다. 유방암 검사는 가슴을 쥐어짜는 통증에 짜증이 났다. 자궁암 검사는 진료 의자 때문에 시작도 하기 전에 불편했다. 여하튼 검사를 하는 김에 진료도 받았다. 얼마 전부터 아랫도리가 가려웠는데, 역시나 질염이라고 했다. 균 검사가 추가되었고 항생제와 소염제, 연고를 처방받았다. 산부인과에서 자궁암과 유방암 검사까지 마치자 흡사 올해 할 일을 다 끝낸 기분마저 들었다.

근주는 자신의 배 위에 올린 남편의 다리를 밀어낸 뒤 몸을 돌려 웅크렸다. 반복적인 칸디다 질염 때문일까. 몇 해 전에 아이를 지운 것이 문제였을까. 설마 이십대 초반에 아무렇게나 어울렸던 몇몇 남자 때문은 아니겠지. 인터넷에는 너무 많은 정보가 있었다. 근주는 그중에서 마음에 드는 걸 골라 믿기로 했다. 반응성 세포 변화가 있다는 말은 아직 뭔지 모른다는 의미로 받아들이라는 것이었다. 단순한 관찰 결과라는 것. 불안이 사라지진 않았지만 적어도 지레 괜한 추측은 말자고 마음먹을 수 있었다. 남편이 뒤척이며 근주를 등 뒤에서 안았다. 잠결에 남편의 손이 근주의 파자마 바지 속으로 들어왔다. 근주는 남편의 팔을 잡아 뺐다. 좀처럼 잠이 올 것 같지 않아 내친김에 침실을 나섰다. 근주는 소파에 누워 밤새 텔레비전을 보았다. 새벽녘에 잠깐 잠이 들었다가 작은아이가 화장실에 가는 소리에 깼다. 다른 때보다 이른 시간이었지만 일어난 김에 아침밥을 안치고 샤워를 했다.

*

진료 시작인 9시에 도착했는데도 대기 번호가 11번이었다. 세 명의 의사 중에 근주는 여자 의사에게 진찰을 받아오고 있었다. 대기실에는 임신한 여자들과 임신했는지 아닌지 표가 나지 않는 여자들이 있었다. 근주 또래의 여자들도 제법 되었다. 근주는 너무 심란한 표정을 짓고 있는 건 아닌지 자꾸 거울을 꺼내 자기 얼굴을 확인했다.

의사는 간략하게 설명했다.

"반응성 세포라고 나왔는데, 그건 세포 변이가 있다는 뜻이에요. 그런데 근주 씨는 염증이 있었잖아요. 염증 때문에 이런 결과가 나올 수도 있거든요. 좀더 정확도가 높은 검사가 필요해요. 그래서 오늘은 사진을 찍을 겁니다. 경부를 확대 촬영해서 대학 병원에 의뢰하는 방법인데요. 사진 판독을 해보면 문제가 있는지 아닌지 더 정확히 알 수 있을 거니까 그렇게 해보는 걸로 합시다."

의사의 산뜻한 말투가 마치 별일 아니라는 듯이 들려 근주의 마음이 조금 가벼워졌다. 바지와 속옷을 벗고, 병원에 준비된 긴 치마를 입은 후에 진료 의자에 누웠다. 다리를 벌리고 누우면 간호사가 의사에 맞춰 높이를 조절했다. 의사의 눈높이에 맞게 다리를 벌리고 누운 자세란 언제나 불편하고 모멸스러웠다. 결혼하기 전에도, 아이를 낳을 때에도, 아이를 낳은 지 10년이 훌쩍 넘었는데도 마찬가지였다.

질이나 자궁경부를 진료받을 때에 삽입되는 기구의 이물감은 더 말할 것도 없었다. 산부인과 진료 의자에 누울 때마다 근주는 오래전 남편이 했던 질문이 떠오르곤 했다. 산부인과 진료를 받을 때 혹시 성적인 흥분을 느끼느냐는 것이었다. 무지는 얼마나 폭력적일 수 있는지. 공감력이 없다는 건 얼마나 이기적인지. 근주는 퉁명스럽게 쏘아붙였다.

"삽입만 되면 흥분된다고 알고 있었어?"

남편의 표정은 애매했다. 근주는 되물었다.

"그럼 탐폰은? 생리 기간 내내 끼고 있는데 일주일간 내내 흥분되어 있을 거 같아?"

남편은 대답을 못 했다. 하, 근주는 한숨을 쉬고 말을 이었다.

"성폭력 당할 때도 흥분된다고 하겠다?"

"흥분된다는 거야, 아니라는 거야. 정확히 좀 알려줘봐."

남편이 말간 표정으로 되물었다.

"좀 불편할 거예요."

의사의 말이 끝나자마자 아랫도리가 뻑지근했다. 여자 의사였고 진료 도구일 뿐인데도 근주는 부끄러운 느낌이 들었다. 두 눈을 질끈 감았다.

큰아이가 태어난 시간은 오후 4시 54분. 양수가 터진 건 새벽 5시였고, 첫 진통은 오전 6시 반쯤이었다. 예정일을 사흘 앞둔, 임신 기간 내내 진료를 보았던 담당의가 휴무였던 일요일이었다. 그날 당직은 처음 본 남자 의사였다.

아이는 근 열 시간의 산통 후에야 태어났다. 옆에서 벌벌 떨던 남편은 간신히 탯줄을 잘라 근주로부터 아이를 분

리시켰다. 첫 목욕 의식도 치렀는데, 아이의 몸에 물을 묻히며 생애 첫 축원을 하는 일이었다. 남편이 그때 무어라 말했는지 근주는 이제 기억나지 않는다. 사실 산통의 끔찍함도 잊힌 지 오래였다. 그러나 생생히 기억나는 건 아이를 처음 안았을 때의 떨림이나 처음으로 젖을 물렸을 때의 그 묘한 감정이 아니라 아이를 받은 의사에게 당한 추행이었다.

분만 대기실에서 진통과 휴지기를 반복하는 동안 매시간마다 내려온 의사는 자궁이 얼마나 열렸는지 확인하곤 했다. 그때마다 근주는 선뜩한 불쾌함을 느꼈다. 의사는 허벅지 안쪽을 매만지거나, 샅굴 부위를 쓰다듬거나, 엉덩이를 쓸어 올리곤 했다. 근주 옆에서 남편과 엄마가 의사를 쳐다보고 있었다. 의사 옆에는 버젓이 간호사가 서 있었다. 그러니 근주는 자신이 정신없어서 착각을 한 거라고 여길 수밖에 없었다.

분만복으로 갈아입는 순간 근주의 몸은 근주의 몸이 아니었다. 자궁을 보겠다며 아랫도리는 무시로 아무렇게나 들쳐 올려졌고, 모유 수유를 위해서라며 아무나 와서 가슴을 주무르고 갔다. 물론 무시로도 아니었고 아무나도 아니었을 것이다. 시간을 확인하며 자궁문의 열린 정도를 확인했을 것이고, 모유 수유를 세심히 준비하는 담당 간호사의 마사지였을 것이다. 그러나 출산은 세상이 모두 자신을 향해 적의를 드러내고 있다고 여기게 하는 과정이었다. 하는 일도 없이 말만 보태는 남편에게 분노가 치밀어 올랐다. 안 와도 된다는데 굳이 찾아와 눈물을 찍어대는 엄마한테도 울화가 솟구쳤다. 무엇보다도 아이를 낳겠다고 결심하고 정말 낳으러 와 있는 자기 자신에게 가장 화가 났다. 생각이나 판단은 물론이고 논리적으로 납득이 되지 않는 감정까지 마구 엉킨 열 시간이었으나 아이를 낳고 나서는 금세 잊힌 감정들이었다. 그러나 착각일지도 모른다고 생각했던 의사의 추행은 16년이 지난 지금도 생생했다. 얼굴이나 이름, 목소리는 전혀 기억나지 않는데 다리 안쪽을 제 마음대로 주무르던 의사의 소름 끼치는 작태만큼은 잊히지 않았다.

그때 낳은 큰아이가 내년이면 고등학생이 된다. 올해 부쩍 자라더니 어느새 근주의 키보다 한 뼘이나 더 커져 있었다. 큰아이는 며칠 전부터 근주와 냉전 중이었다. 무선 이어폰 때문이었다. 근 20만 원짜리 이어폰이라니. 근주는 아직 중학생에게 고가의 물건이라 안 된다고 일축했다. 그러자 큰아이는 제 아빠를 조르기 시작했다. 남편은 애가

22

바라면 사 주라고 했다. 늘 그런 식이었다. 애가 저렇게 바라는데 해줘라, 사 줘라, 들어줘라, 가줘라, 허락해줘라. 그럴수록 근주는 더 고집스럽게 안 된다고 말했다. 말로 인심을 얻는 건 아빠고 자신은 살림에 허덕이면서도 매정한 짠순이라는 소리를 듣는 게 근주라고 좋을 리 없었다. 남편이 하자는 대로 하지 않았기 때문에 아파트 전세라도 살 수 있었다. 큰아이와 냉전이 시작된 건, 눈이 마주칠 때마다 사 달라고 조르더니만 급기야 제풀에 고집을 꺾으며 큰아이가 근주의 속을 긁은 탓이었다.

"아이 씨, 정말 거지 같아!"

큰아이가 뱉은 말에 저녁상을 차리던 근주는 고등어구이 접시를 집어 던지듯 식탁 위에 내려놓고 눈을 치켜떴다.

"너, 다시 말해봐. 뭐라고?"

"아, 됐어! 사 주지 마! 그깟 거 얼마 한다고!"

수저를 놓던 작은아이가 슬그머니 제 방으로 들어갔다. 근주는 큰아이의 팔뚝을 세게 잡아당겼다.

"뭐, 거지 같아? 이게 정말 보자 보자 하니까. 너 진짜 거지처럼 한번 살아볼래!"

"이거 놔! 아파, 놓으라고!"

근주는 손에 더 힘을 주며 큰아이를 노려봤다. 큰아이도

근주의 눈을 피하지 않으며 턱을 치켜세웠다. 그때 전화벨
이 울렸다. 작은아이가 달려 나와 전화기를 확인하더니 근
주에게 내밀었다. 남편이었다. 그 틈에 큰아이가 근주를
밀치고는 제 방으로 들어가버렸다. 집 앞인데 사 갈 거 없
느냐 묻는 전화였다. 근주는 짜증이 확 솟구쳤다. 맨날 뭘
그리 못 사서 안달인지. 근주는 작은아이가 보는데도 참지
못하고 한숨을 푹 내쉬고 말았다.

　진료실을 나와 수납 순서를 기다리는데 아이 울음소리
가 들리기 시작했다. 출입구 부근에서 서너 살쯤 되는 아
이가 엄마에게 팔을 벌려 떼를 쓰고, 기미가 잔뜩 낀 배부
른 엄마는 입을 꾹 다물고 아이를 내려다보고 있었다. 아
이 엄마는 우는 아이를 안아주거나 달래줄 여력이 없어 보
였다. 간호사가 다가가 아이에게 캐릭터 비타민제를 내밀
며 달래자, 아이는 기겁을 하고 제 엄마 다리에 매달려 더
자지러지게 울기 시작했다. 아이 엄마가 끙, 소리를 내며
아이를 들어 안았다. 그러자 울음을 뚝 그친 아이가 그제
야 간호사에게 비타민제를 달라고 손을 내밀었다. 대기실
여기저기에서 작은 웃음소리가 들렸다. 근주는 어쩐지 웃
음이 나오지 않았다. 마침 간호사가 근주를 호명했다.

지난번에는 예상치 못한 초진 비용에 염증 검사비까지 들었는데, 이번에도 촬영 검사비가 들었다. 어쩔 수 없이 몇 해 전 실비 보험을 해지한 것이 아쉬웠다. 살면서 이렇게 병원에 다니게 될 줄 알았으면 무리해서라도 보험을 유지했을 것이었다. 인생에 가정법은 소용없다는 걸 알았지만 근주는 작년부터 이상 신호를 보내는 몸 때문에 자주 울적해졌다. 이렇게 아프게 될 줄, 이런 검사를 하게 될 줄, 이런 일이 생길 줄 누가 알았겠나. 나이 든다는 건 물리적인 시간만 쌓인 것이 아니라, 그만큼 낡아가는 몸과 마주하는 일이란 걸, 근주는 근래 들어 절실히 깨달았다.

　남편의 첫번째 실직은 작은아이를 낳은 무렵이었다. 말단부터 다닌 의류 회사였으나 유명 브랜드 기업에 합병되면서 정리 해고 되었다. 광고 대행업체에서 몇 년, 학습지 회사에서 또 몇 년을 버텼으나 마흔세 살에 다시 실업자가 되었다. 그사이 서울 외곽 20평대 아파트 전세에서 수도권의 전세로 밀려났다. 근주의 남편은 마지막 실직 이후엔 자의 반, 타의 반으로 근 1년간 방에서 나오지 못했다. 세무사인 남편의 친형이 보다 못해 자기 사무실로 불러들여 일을 시켰다. 한 2년 정도 친형과 일하면서 알게 된 다른 세무사를 따라 사무실을 차린 것이 바로 작년이었다. 아무

연고 없는 지방 신도시로 이사를 오게 된 것은 그런 연유였다.

아끼며 산다고 살았는데 저축은 꿈도 못 꿨다. 2년마다 전세금 맞추는 것에도 허덕여 평수를 줄여가고, 서울에서도 멀어졌다. 월급만 빼고 세상 모든 게 비쌌다. 보험을 해지했던 건 1년여 동안 남편의 벌이가 없던 시절이었다. 실직과 재취업 사이마다 수입 공백이 생겼고, 부채는 계속 늘어났다. 먹을 것과 입을 것을 줄여도 두 아이의 영어, 수학 학원비를 줄일 수는 없었다. 작은아이가 초등학교에 입학한 해부터 고등학교 급식실의 조리종사자로 일을 시작했지만 근주의 벌이는 네 식구의 생계를 책임질 수 있는 금액이 아니었다. 돈이 들어가는 곳이면 어떻게든 줄이고 없애던 때였다. 매달 들어가는 보험비 몇 만원이 아쉬운, 볼품없는 환급금보다도 매달 들어갈 돈을 줄이는 것이 시급할 때였다.

그 당시 근주가 제일 힘들었던 건 사실 빠듯한 살림살이가 아니었다. 종종 친구들에게 받은 동남아 국가 이름이 박힌 조악한 열쇠고리나 마그넷, 엽서를 내밀며 우리는 왜 해외여행을 가지 않느냐고 물어보는 아이들의 검은 동공을 마주할 때, 아이의 같은 반 친구가 다닌다는 학원의 수를 세보며 자기도 모르게 학원비의 총액을 계산하는 걸 깨달았을 때, 학부모 모임에서 만난 엄마들이 아무렇지 않게 들고 다니던 명품 백과 그들이 타고 다니는 자동차와 그들이 살고 있는 아파트 평수를 헤아릴 때마다 근주는 서글펐다. 자신의 곤궁보다 타인의 부유가 근주를 자꾸 쓸쓸하게 만들었다.

그래도 보험은 그대로 둘걸. 부질없는 후회가 쉽게 떨쳐지지 않았다. 큰 병이든 아니든 근주가 가장 걱정되는 건 병명이나 식구들이 아니라 결국 돈이었다. 없으면 아프지 말아야 한다는데. 사십대는 삼십대와 다르다고, 마흔 넘어가면서는 몸이 자기 마음대로 안 된다는 말도 들어왔지만 역시나 남의 일이라고만 여겼던 자신이 얼마나 오만했는지 깨달아봤자 소용없었다. 이미 늦은 건 아주 늦은 걸까. 근주는 사거리 신호등 앞에서 초록불이 세번째 바뀌는 것도 모른 채 우두커니 서 있었다.

*

문자가 도착한 건 추석 연휴가 시작되기 이틀 전이었다.

자궁경부 확대 촬영술 결과 이상 소견이 있으니 내원 부탁드립니다. '

　명절 장을 보러 막 집을 나가려던 근주는 현관에서 문자를 받았다. 검사한 지 일주일 만이었다. 뭔가 참 쉽지 않다는 생각이 들었다. 근주는 마트가 아니라 병원으로 갔다. 대기 인원이 열여덟 명이나 있었다. 근주는 지난번처럼 표정을 가다듬지 않았다. 근심에 가득 찬 표정으로 다급함을 알렸다. 그래도 순번은 줄어들지 않았다. 근주는 병원에 비치된 믹스커피와 둥굴레차, 현미녹차를 마셨고, 소음순 성형수술 광고가 붙어 있는 화장실에 네 번이나 다녀온 뒤에야 이름이 불렸다. 두어 시간 만이었다.

　"촬영 결과 세포 변화가 보이네요. 결과 정확도가 높은 조직 검사를 해봅시다."

　의사는 이번에도 대수롭지 않다는 듯이 말했다. 근주는 짐짓 큰 목소리로 물었다.

　"전에 했던 것도 암 검사 아니었어요?"

　"맞아요. 그런데요."

　의사는 그제야 차근차근 설명을 시작했다.

　"처음 건강검진 할 때는 면봉에 세포를 묻혀서 검사한 거예요. 위음성율이 높아요. 그래서 지난번에 자궁경부 확

28

대 촬영, 즉 질을 확대한 사진을 찍었잖아요. 잘 보시는 대학 병원 선생님에게 판독 의뢰를 했고, 그 결과로 이상 세포가 보인다고 나온 거고요. 오늘은 그 부위의 세포를 떼어내는 거예요. 생검을 하는 거죠. 훨씬 더 정확한 결과를 얻을 수 있으니까. 오늘 검사를 하고 나면 한 달 정도 분비물이 많을 거예요. 아, 오늘 조직을 떼어내면 출혈도 있을 수 있어요. 지혈을 위해 거즈를 넣어둘 테니까, 내일 한 번 더 와서 거즈 빼고 소독합시다."

뭐든 빨리 결정이 나면 좋겠다는 생각이 들었다. 근주는 더 이상 질문 없이 진료 의자에 누웠다. 일주일 간격으로 오고 있는데도 적응이 안 되는 자세였다. 의사는 욕조 목욕을 하지 말 것과 부부 관계도 하지 말라고 했다. 근주는 그냥 혼자 고개를 끄덕였다. 감정 상태가 나락으로 떨어지고 있었다. 검사 과정이 다른 때보다 더 불편하고 아파서가 아니라, 병원을 나가면 마트에 들러 장을 보고 시가에 내려갈 생각 때문인지도 몰랐다. 몸과 마음이 엉망인데 명절 따위가 다 무슨 소용인가 싶었다.

출혈이 시작된 건 그날 저녁부터였다. 처음엔 투명한 분비물이 나오더니, 저녁때부터 피가 비치기 시작했다. 팬티라이너에서 생리대로 바꾼 건 세 시간 만이었다. 생리혈과

다를 바 없는 양이었다. 남편은 병원에 다시 가야 하는 것 아니냐고 걱정했고, 아이들은 표정이 밝지 않았다. 특히 큰아이의 표정이 많이 누그러져 보였다.

근주는 두 아이를 보면서 몇 년째 고민하던 문제의 답을 찾았다. 두 아이 모두 자궁경부암 예방접종을 하기로 결정한 것이었다. 12세가 되면 무료로 인유두종 예방접종을 받을 수 있는데, 부작용이 있다고 해서 그동안 계속 망설여왔던 터였다. 차마 입 밖으로 꺼내기 싫었던 가족력이라는 단어가 자꾸 머릿속에 맴돌았다.

근주의 엄마가 자궁경부암이었다. 근주가 갓 대학을 졸업하던 해였으니 20여 년 전의 일이었다. 생각해보니 그당시 엄마의 나이와 지금 근주의 나이가 엇비슷했다. 엄마는 자궁 적출을 했고, 열세 번의 항암 치료를 받았다. 그러나 결국 난소와 직장으로 전이가 되었고, 예순이 되기 전에 세상을 떠났다. 복학생이던 오빠, 군 복무 중인 동생, 가전제품 대리점을 하던 아버지를 대신해 근주가 간병인이되었다. 항암 치료를 하는 엄마 곁에서 근주는 큰 병이 어떻게 한 가족을 무너뜨리는지 정확히 목도했다. 병원비로빚더미에 오르게 된 건 예고된 순서였다. 무엇보다도 다른식구들이 외면한 간병을 근주 혼자 감당해야 했다. 근주는 3년간의 병 수발에서 도망치는 방법에 대해서 골몰했고, 고등학교 동창이었던 남편과 결혼을 하는 것으로 종합 병원과 암 환자인 엄마와 다른 식구들의 이기심에서 벗어났다. 근주가 결혼을 한 그다음 해 엄마와 아버지는 이혼을 했다. 근주는 아픈 엄마를 내친 아버지와 연을 끊었지만 오빠와 남동생은 각자 자기 와이프에게 제 의무를 맡겼다. 큰올케는 병든 홀시어머니의 임종을 지켰고, 작은올케는 홀시아버지를 모시고 있었다.

"아무래도 자궁암 예방주사를 맞아야겠다."

근주는 며칠 만에 큰아이에게 말을 걸었다. 큰아이가 아무 말 없이 고개를 끄덕였다.

그날 밤도 근주는 좀처럼 잠들지 못했다. 엄마가 처음 산부인과에 간 이유가 멈추지 않는 생리 때문이었다는 것이 퍼뜩 떠올랐다. 그러자 옷과 이불, 엄마가 앉았던 자리마다 생리혈이 묻었던 것도 생각나고, 수건을 겹쳐 깔아서 누워 있던 모습이며, 그 수건에 묻은 나비 모양의 빨간 얼룩이며…… 20여 년 전의 일이, 까마득히 잊고 있던 일이 순식간에 너무 선명하게 떠올랐다. 근주는 30분 간격으로 생리대를 갈 때마다 엄마에게 괜한 원망이 들었다가도, 한편으로는 끝까지 엄마를 간병하지 못한 벌을 받는 기분이

들기도 했다. 어떤 마음이든지 자기에게조차 숨기고 싶어 비상용으로 처방받은 안정제를 먹었다.

명절 연휴의 첫날이어서 다른 때라면 새벽부터 시가로 출발해야 했지만 근주는 아침 일찍 병원으로 갔다. 출혈 중이라고 밝히자 대기 없이 제일 먼저 진료를 받을 수 있었다. 레이저로 지혈 처치를 한다고 했다. 의사 말로는 간단하다고 했지만 세 명의 간호사가 들어가 있는 수술실로 옮겨서 받은 시술이었다. 간간이 타는 냄새가 났고 시간은 10여 분 걸렸다. 아프지 않을 것이라 했는데 온몸에 힘을 주었던 탓인지, 수술 침대에서 내려오는데 휘청거렸다. 근주는 회복실에서 30분가량 누워 있다가 병원을 나섰다. 사흘 치 지혈제도 처방받았다.

레이저 시술을 마치고 집으로 가는 길에 근주는 지혜의 전화를 받았다. 초등학교 동창이자 근주의 유일한 친구였는데 사는 곳이 멀어 1년에 두어 번 보기도 힘들었다. 근래 산부인과를 들락거리느라 전화 통화도 오랜만이었다.

— 왜 이렇게 연락이 없었어? 어디 아파?

뭘 알고 전화한 사람처럼 아프냐고 물어봐서, 그만 눈물이 왈칵 쏟아졌다. 마주 오던 다육 화분을 든 여자를 피해 근주는 길 가장자리로 비켜섰다. 눈물이 멈추지 않았다.

다육 화분을 든 여자가 멈추어 서더니 티슈를 건네주고는 가던 길을 무심히 걸어갔다. 부근에 있는 카페 상호가 적힌 티슈였다. 근주는 티슈로 눈물을 닦고 큰 숨을 쉬었다. 지혜는 말없이 근주가 대답할 때까지 기다렸다. 다시 걷기 시작한 근주가 천천히 그동안의 이야기를 했다.

　—네 마음 내가 다 알지. 딱 3년 전에 내가 그랬잖아. 두 달 가까이 피 질질.

　—네가? 그런 적이 있었어? 처음 듣는 얘기 같은데…… 너 나한테 말 안 한 일이지?

　—응, 말 안 했었지. 왜, 그쪽 이야기는 괜히 하기 싫잖아.

　—뭐야, 얘기 다 한 나는? 아니, 그래서?

　—너처럼 사진 찍고, 조직 검사 하고, 다 했지.

　—별일 없었던 거지?

　—이형성증이라고 하더라. 정상과 종양의 중간 단계 정도? 세포가 종양으로 진행할 위험도 있는 상태라는데 그냥 둔다고 해서 모두 암이 되는 건 또 아니라고 하고. 아무튼 원추절제술이라는 걸 받았어. 레이저 시술도 있다는데 나는 그냥 도려냈지. 맞다! 자궁경부암 예방주사도 맞았어. 더럽게 비싼 주사.

　—그럼 이제는 괜찮은 거야?

―6개월마다 검사받지 뭐. 야, 근데.

아파트 입구에 막 들어선 근주가 우뚝 멈췄다.

―우리 나이 되면 다들 한 번쯤 겪는 일이야. 주변에 자궁에 탈 안 난 엄마들 없고. 그런데 그럴 때 됐어. 30년이 넘도록 생리를 했는데 고장 나야 정상 아니냐? 사는 데 지장도 없고 이제는 쓸모도 없어진 게 아주 진상이야. 이대로 쭈그러들 수 없다! 뭐 이런 발악 같다니까.

근주는 그제야 슬그머니 웃었다.

―근주야.

지혜가 근주의 이름을 나직이 불렀다.

―무슨 일이 생겨도 그거 일 아니야. 괜찮아.

괜찮을 게 하나 없는데. 이미 괜찮지 않은데도 근주는 고개를 끄덕였다. 알겠다고 대답도 했다. 지혜는 촌스럽게 몸살 같은 거 걸리지 말고 적당히 농땡이 피우다 올라오라는 명절 인사로 전화를 끊었다.

그래도 명절은 명절인지라 병원에 다녀오자마자 곧바로 시가로 내려가야 했다. 시술받은 날엔 심하지 않던 출혈이 명절 당일부터 다시 시작되었다. 종일 전을 부치느라 앉았다 일어서기를 반복하고, 쪼그려 앉거나 허리에 힘을 주어 물건을 드는 일이 많았던 날이어서 그랬을까. 왈칵왈칵 덩

이진 피가 쏟아지는 것이 느껴질 정도의 출혈이 이어졌다. 의사가 그럴 수도 있다, 그런 사람들도 있다,라고 말했으니 그저 멈추기를 기다리는 수밖에 없었다.

추석 연휴 마지막 날에 큰아이가 생리를 시작했다. 3년째인데도 매번 생리통이 심해 끙끙 앓았다. 그 주 주말엔 안 그래도 곧 할 것 같은 조짐이 보이던 작은아이가 초경을 시작했다. 엄마와 언니 하는 걸 보아온 작은아이는 예사롭게 받아들였다. 그래도 케이크와 작은 꽃다발로 조촐하게 축하 자리를 가졌다. 남편은 두 아이가 안쓰럽다며 절절맸지만 아이들은 그런 아빠를 귀찮아했다. 그날 밤, 근주는 인터넷으로 생리대를 주문했다. 10만 원이 넘었다. 옆에 누워서 근주의 핸드폰을 넘겨보던 남편이 슬그머니 물었다.

"생리대 가격이 참 천차만별이네. 이건 그냥 궁금해서 묻는 건데……"

예의 그 말간 표정이 되더니 급기야 싼 건 나쁜 거야?라고 물어왔다. 침대에 비스듬히 앉아 있던 근주는 정색을 하고 고쳐 앉았다.

"지금 생리대값 비싸다고 하는 소리지? 작년에 홈쇼핑에서 싸게 파는 거 써보면 어떻냐고 해서 한번 사봤다가 나랑 애랑 아래 다 뒤집어졌던 거 잊었어? 그래도 아깝다고 그걸 꾸역꾸역 다 쓴 게 나아. 당신이랑 할 때마다 아프다고 했던 게 왜 그런 줄은 알아? 생리대 때문에 발진에 염증에, 안이 다 헐어서라고 내가 수십 번은 말했다. 사람마다 맞는 게 따로 있다고, 얼마나 더 말해야 알아들을래! 아끼고 싶으면 딴 데서 아껴! 쓸데없이 이어폰 사 주라 마라 그딴 소리나 하지 말고!"

근주가 목소리를 높이는 동안 슬그머니 일어나 앉은 남편이 근주의 말이 끝나자 지그시 손을 잡았다.

"미안해."

근주는 그 손을 확 뿌리쳤다. 미안하다고만 하면 이야기가 끝난 줄 아는 남편이었다. 근주는 남편의 악의 없는 무신경이 배려 없는 무지만큼이나 싫었다. 차라리 착하지나 말지. 악의가 없다는 이유로 모든 것을 받아들여줘야 하는 근주만 속이 탔다. 남편은 무안한지 혼자 허허거리면서 한마디 덧붙였다.

"아이고, 세 여자 생리대값 대려면 열심히 벌어야겠다!"

근주는 남편에게 등을 돌려 누웠다. 남편이 근주를 뒤에서 안더니 근주의 손을 잡아끌어 자기 바지 속으로 넣었다. 눈치 없기로는 한국 최고 남자였다. 근주는 신경질적으로 남편의 손을 뿌리치고서 베개와 이불을 챙겨 거실로 나갔다. 근주를 바라보기만 하던 남편은 추울 텐데 두꺼운 이불 꺼내 줄까,라고 물었다. 근주의 대답을 기다리던 남편은 잠시 뒤에야 잘 자,라고 혼잣말을 하더니 이내 잠들었다.

조직 검사 결과가 나오기까지 근주는 최대한 생각이라는 걸 하지 않으려고 애썼다. 푸른 줄무늬 셔츠를 즐겨 입는 정신과 의사는 사정을 듣더니 약의 용량을 조금 늘리겠다고 했다. 항우울제 때문인지 플라세보 효과인지, 혹은 생각하기 싫다는 강한 의지 때문인지 알 수 없지만, 근주는 쉬지 않고 집안일을 해내기 시작했다. 커튼과 이불을 빨아 널었고, 미루고 있던 드라이를 맡기고, 신발장의 운동화도 모조리 빨았다. 옷장 정리도 했다. 특히 속옷 정리에 신경을 썼다. 오래 입어 닳고 누렇게 된 팬티, 와이어가 부러지거나 어깨끈이 늘어난 브래지어, 엉덩이 부분이 허옇게 해진 팬티스타킹이나 보풀이 잔뜩 생긴 레깅스 등을 모두 검은 비닐봉지에 넣어 버렸다. 다음엔 찬장을 뒤집어 엎었고, 다용도실과 싱크대와 냉장고 청소를 했다. 작년에 이사하면서 묵은 살림을 다 버렸다고 생각했는데 1년 만에 또 버릴 것들이 수두룩했다. 마음 떠난 그릇들과 물려

줄 사람이 있을까 하고 쌓아두었던 책 묶음을 과감하게 재활용 쓰레기장에 내놨다. 그것도 다 해치워버리자 작은아이의 슬라임을 주물거리며 예능 프로그램을 찾아보았다.

그렇지만 상념은 자기 의지대로 막을 수 있는 것이 아니어서 근주는 예능 프로그램 앞에서 웃질 못했고, 말끔해진 주방 앞에서도 기쁘지 않았으며, 깨끗한 커튼을 다시 걸면서도 개운하지 않았다.

산부인과에 다녀왔다던 엄마는 그날 저녁 배추김치를 담그고 곰탕을 끓였다. 대여섯 가지 밑반찬을 해놓고도 밥상 위에는 불고기와 김치찌개를 푸짐하게 올렸다. 진료 의자에 누울 것도 없이 증상을 듣자마자 당장 큰 병원으로 가라 했다는 말을, 엄마는 저녁 밥상 앞에서 심심하게 말했다.

"같이 가줄 거 없으니까, 늦으면 저녁이나 알아서들 먹어."

온 집 안에 무겁게 내려앉은 습기와 한데 섞인 음식 냄새의 정체를 그제야 어렴풋이 깨닫고 근주는 엄마가 참 미련한 여자라고 생각했다. 헌신하고 희생하는 사람이 되어야 안심을 하는 엄마가 부담스러웠다. 다른 식구들에게 일부러 죄책감을 느끼게 하려는 건 아닐까,라는 의심도 들었다. 잊었다고 생각했던 것들이, 분명히 잊었던 일들이, 망각했던 감정들이 곰팡이 꽃을 피우듯이 서서히, 그러나 선명하게 피어올랐다. 그럴 때마다 근주는 신경안정제를 먹었으나 좀처럼 잠을 이루진 못했다. 그나저나 밥상 앞에 근주만 있지 않았을 텐데, 아픈 엄마 옆으로 다른 식구들은 전혀 보이지 않았다. 다들 어디에 있었던 걸까.

그런 밤에는 도리 없이 검색을 해보곤 했다. 자궁암, 자궁경부 확대 촬영법 등의 검색어를 넣어보고 블로그나 카페 글을 읽었다. 환우 커뮤니티 카페에 가입해 그들의 투병기를 읽고 읽었다. 어느 밤에는 한숨을 푹푹 내쉬었고, 어떤 밤에는 이를 악물고 눈을 부릅뜨며 내일을 다짐하기도 했다. 그러나 대부분은 슬픈 감정에 휩싸였고, 그럴 때면 어쩔 수 없이 턱을 덜덜 떨며 눈물을 흘렸다.

*

조직 검사 결과가 완료되었습니다. 가능한 시간에 내원 상담 부탁드립니다.

문자를 확인한 근주는 오히려 마음이 고요해졌다. 내원이나 상담이라는 단어가 심상치 않게 느껴졌지만 결과를 알기 전까지는 아무 일이 없는 것이었다. 근주는 병원으로 가기 전 집 안을 천천히 둘러보았다. 안방 침대 모서리에 구겨진 시트를 손으로 잡아당겨 반듯하게 폈다. 작은아이 방에서는 입을 열고 있던 서랍을 조용히 닫았고, 큰아이 방에선 비딱하게 붙어 있던 아이돌 사진의 위치를 바로 고쳐주었다. 현관 거울 앞에서 근주는 옷매무새를 살폈다. 허리 부분이 조금 불편했던 페이즐리 무늬 원피스가 하나도 조이지 않았다. 그래도 살진 목덜미는 미련해 보였고, 귓가에 아무렇게나 구불거리는 흰머리는 추레해 보이기도 했다. 들뜬 화장 위로 선명하게 드러난 주름들은 나이를 고스란히 드러냈다. 근주는 가만히 아랫배에 손을 가져다 댔다. 불룩하게 살이 오른 아랫배에는 아무 느낌이 없었다.

남편은 현관을 나서면서까지 결과가 나오는 대로 연락을 달라는 말을 반복했다. 큰아이는 뭔가 할 말이 있는 듯했지만 결국 다녀오겠다는 말만 했고, 작은아이는 근주를 한번 안아준 것으로 인사를 대신했다. 현관을 나서는 식구들의 뒷모습을 보며 저녁엔 남편이 좋아하는 청국장과 큰아이가 좋아하는 갈치구이와 작은아이가 좋아하는 김치볶음밥을 해야겠다고 생각했다.

집을 나선 근주는 병원 맞은편 상가의 화장품 로드 숍에서 무광 틴트를 하나 사고, 그 옆의 브런치 카페에서 로제 파스타와 청포도에이드를 주문했다. 주문을 받고 뒤돌아서는 아르바이트생이 옆 테이블 중년 여성의 커피를 엎지르는 바람에 작은 소동이 일어났다. 근주는 중년 여성에게 카페 티슈 뭉치를 건네고서 창밖으로 시선을 돌렸다. 카페 유리창에 얼비친 자신을 보고는 조만간 미용실에서 파마라도 해야겠다고 생각했다. 식사를 다 마쳤지만 근주는 좀처럼 일어서질 못했다. 아주 잠깐 엄마와 두 아이를 생각하며 길 건너의 산부인과 건물을 올려다봤다. 반짝이는 창문이 참 무람없이 눈부셨다.

기만한 날들을 위해

꺼내 든 책은 시집이었다.

　　부부란 여름날 멀찍이 누워 잠을 청하다가도
　　어둠 속에서 앵 하고 모기 소리가 들리면
　　순식간에 합세하여 모기를 잡는 사이이다

　　많이 짜진 연고를 나누어 바르는 사이이다
　　남편이 턱에 바르고 남은 밥풀만 한 연고를
　　손끝에 들고 나머지를 어디다 바를까 주저하고 있을
때
　　아내가 주저 없이 치마를 걷고
　　배꼽 부근을 내미는 사이이다

그 자리를 문지르며 이달에 사용한
신용카드와 전기세를 함께 떠올리는 사이이다

결혼은 사랑을 무화시키는 긴 과정이지만
결혼한 사랑은 사랑이 아니지만
부부란 어떤 이름으로도 잴 수 없는
백 년이 지나도 남는 암각화처럼
그것이 풍화하는 긴 과정과
그 곁에 가뭇없이 피고 지는 풀꽃 더미를
풍경으로 거느린다
나에게 남은 것이 무엇인가를 생각하다가
네가 쥐고 있는 것을 바라보며
손을 한번 쓸쓸히 쥐었다 펴 보는 사이이다

서로를 묶는 것이 거미줄인지
쇠사슬인지는 알지 못하지만
부부란 서로 묶여 있는 것만은 확실하다고 느끼며
오도 가도 못한 채
죄 없는 어린 새끼들을 유정하게 바라보는
그런 사이이다*

시의 제목은 '부부'였다. 윤선혜 님, 내 이름이 불렸다. 나는 무릎 위에 놓았던 스카프에 시집을 숨겨 감싸 쥐며 자리에서 일어섰다.

푸른 줄무늬 셔츠에 흰 가운을 입은 의사는 나와 눈을 마주친 걸로 인사를 대신했다. 2년이 다 되어가는데도 먼저 잘 지냈느냐 물은 적이 없는 의사였다. 처음 다녔던 병원의 의사도 이 정도는 아니었는데, 이게 정신과의 원칙인 건지 정신과 의사들의 특징인지는 모를 일이었다. 내가 먼저 입을 열었다.

"잘 지냈고요. 별일도 없었고요. 근데 일주일 전쯤 개인적인 일이 있어서 한 이틀 연속 안정제를 먹었어요. 잠은 잘 자는데 폭식은 조절이 안 되네요."

폭식 이야기를 꺼낼 때는 무의식적으로 자세를 고쳐 앉으며 허리를 세웠다. 불룩한 배를 감추기 위해서 재킷을 당겨 앞을 여몄다. 그러곤 시집을 감싼 스카프를 자연스럽게 숄더백에 넣으며 말을 이어갔다.

"근데 확실히 감정이 고요해지긴 했어요. 저번처럼 무감한 상태와는 다르고요."

의사는 연신 고개를 끄덕이며 컴퓨터 자판을 두드렸다.

내 이야기가 어떻게 적히는지는 이제 별로 궁금하지 않았다. 내가 신뢰하는 건 의사가 아니라 의사가 처방하는 약뿐이었다. 내가 살 만해진 것은 의사가 내 이야기를 들어줘서도, 내 생각에 공감해줘서도 아니었다. 나는 처음부터 의사에게 나의 속마음을 밝히지 않았다. 정말 나에게 벌어진 일들이나 상황, 과거에 대한 기억들도 말하지 않았다. 대신 나는 많이 힘들다고 표현했다. 이러다 일낼 것 같다고, 이러다가 정말 무슨 사고라도 칠 것 같다고만 말했다. 자가 측정 검사 결과와 나의 말만 듣고도 의사는 처방을 내렸다. 약은 내게 딱 맞춤한 느낌은 아니었다. 약간 미진한 듯했지만 분명 효과는 있었다.

현미밥과 북엇국, 김치, 낙지젓갈, 잔멸치볶음, 우엉조림, 버섯무침과 두부부침으로 아침상을 차렸다. 밥그릇의 왼쪽에는 물과 약봉지를 놓아두었다. 자그마치 23년 동안 아침상을 차렸다. 아이들이 밥은 부담된다며 시리얼이나 토스트를 먹겠다는 날에도 남편은 밥을 먹었다. 평생 일하는 엄마 밑에 자라서 아침밥을 못 먹은 게 한이라고 했다. 신혼 초, 남편이 한이라고 말하는데 그렇게 측은하게 들릴 수가 없었다. 다른 건 몰라도 아침밥만은 꼭 차려주겠다고 약속했다. 참 바보 같은 스물다섯 살이었다. 제 엄마한테도 못 얻어먹은 아침밥을 왜 마누라에게 받아먹어야 한단 말인지, 그런 의문조차 품을 줄 모르는 얼뜨기였다.

그도 그럴 것이 연애를 시작한 지 6개월도 안 되어 아이가 들어서는 바람에 서둘러 한 결혼이었다. 내가 스물다섯, 남편은 서른 살이었다. 나는 대학을 갓 졸업한 상태였고, 남편은 사회생활을 시작한 지 채 1년이 못 되었을 때였다.

친정에서는 뜻밖에도 딸아이를 혼전 임신시킨 남자를 마음에 들어 했다. 단번에 사윗감으로 맞아들였다. 남편의 직업이 공무원이어서, 집안의 장손이 아니어서, 집이라도 한 채 해줄 수 있는 사돈네라서, 무엇보다도 세상 물정 모르고 아무것도 할 줄 모르는, 칠칠치 못해 임신까지 한 딸을 받아줬기 때문이라고 여겼다. 처음 임신 사실을 밝혔을 때는 등짝을 때리며 내 잘못이라던 엄마는, 나중에는 이렇게라도 결혼했으니 결과적으론 잘된 일이라며 좋아하기를 숨기지 않았다. 나는 집안의 개혼이었다. 친구나 동창들 사이에서도 제일 빨리한 결혼이었다. 두루두루 축의금이 많이 들어올 수밖에 없었다. 부모님은 손해 보는 장사는 아니었다는 말을 농담처럼 하곤 했다.

연애를 시작한 지 1년도 안 되어 식을 올린 참이었으니,

아이를 낳기까지 대여섯 달을 제외하고는 제대로 된 신혼 생활이랄 것이 없었다. 첫째를 낳고, 연년생으로 둘째를 낳았으니 출산을 시작으로 내 결혼 생활은 육아와 살림밖에 없었다. 말단이었던 남편이 육아나 집안일을 함께할 시간도 없었거니와 같이해야 한다는 것을 모르는 남자였던 탓도 있다. 남편이 어려워 도와달라는 말조차 꺼낼 엄두를 못 낸 내 잘못도 있었다. 어쩌다 남편이 아이들 기저귀라도 갈거나, 어질러진 거실에 간신히 자기가 앉을 자리만큼만 치워도 나는 고마워했다. 보채는 두 아이를 쩔쩔매며 달래고 있을 때 자기가 먹은 빈 그릇을 설거지통에 넣어주기만 해도, 자기 먼저 밥을 먹고서 나 먹으라고 아이를 받아 안아줄 때면 감동을 받기도 했다. 나 혼자 낳은 아이가 아닌데도, 마땅히 같이할 일이었다는 것을, 그때는 몰랐다. 요즘 젊은 사람들이 들으면 바보 같은 여자라고, 나 같은 여자들이 문제라고 손가락질할 게 뻔했다. 단언컨대 나는 참 무지했다.

　내 부모는 남편에게 부족한 나를 잘 부탁한다는 말을 번번이 하곤 했다. 뭐든 시가부터 챙기고 친정은 신경 안 써도 된다는 말을 입에 달고 살았다. 그걸 또 나는 가감 없이 그대로 받아들였다. 나는 혼전 임신을 제외하곤 평생 부모의 뜻을 어겨본 적이 없는 딸이었다. 처가는 안 챙겨도 된다고 말할 때마다 남편은 인자한 말투로 말도 안 되는 소리라고 일축했다. 그렇게 말할 때의 남편은 얼마나 듬직했는지 모른다. 뭐든지 서툰 나에게 남편은 언제나 괜찮다고, 자기는 다 이해한다고, 시간이 지나면 나아질 거라고, 자기가 확신한다고, 자기만 믿으라고 말하곤 했다. 정말 남편의 말만 믿으면 뭐든지 다 해결될 것 같았다.

　나는 내 일에 소홀하고 싶지 않았다. 이토록 나를 이해해주는 남편이 바깥에서 고생하므로 나는 남편이 걱정할 필요 없도록 집안일만이라도 잘 건사하고 싶었다. 그것이 공정한 분담이고, 공평한 관계라고 생각했다. 그 결과 나는 23년간 새벽에 일어나 새로 끓인 국과 세 가지 이상의 반찬으로 아침상을 차렸다. 이제는 밥그릇 옆에 약봉지까지 챙겨 놔줘야 했다. 고혈압과 고지혈증약, 종합영양제와 오메가3, 루테인과 유산균까지 늘어놓았다. 지난밤 회식이었던 남편은 밥엔 손도 안 대고 북엇국만 들이켰다. 저렇게 남긴 밥은 또 내가 먹어야 했다. 원하지 않아도 찬밥을 먹는 신세가 되었다. 남편은 빈 약봉지를 구겨 밥그릇 옆에 툭 던져놓고 일어섰다. 자기 손으로 쓰레기 한번 쓰레기통에 넣을 줄 모르는 인간이었다.

"그렇게 길들인 건 엄마잖아!"

딸아이가 쏘아붙였다. 나도 모르게 내뱉은 혼잣말에 갓 고등학생이 된 딸아이가 앙칼지게 대꾸를 한 건 몇 년 전이었다. 나는 멍한 눈으로 딸아이를 쳐다봤다.

"아빠한테 짜증이 나면 나나 오빠한테 풀잖아. 정작 아빠한텐 찍소리도 못 하면서."

"내가 지금 너한테 뭐라고 했어?"

"했잖아! 아빠가 식탁에 아무렇게나 뱉어놓은 가시 치우면서 지겹다고 혼잣말하고선 괜히 나한테 신경질 냈어!"

그러고 보니 밥풀 좀 남기지 말라고 딸아이에게 막 한소리를 한 참이었다. 딸아이가 젓가락으로 굳은 밥풀을 긁어내면서 중얼거렸다.

"그뿐인 줄 알아? 모든 결정은 다 아빠한테 미루고 불만이 생기면 그 화풀이도 우리한테 한다고."

맞는 말이었다. 그래, 그래왔다. 그래도 나는 꿋꿋하게 말을 이어갔다.

"지금 깨끗하게 먹으랬다고 이 난리인 거야? 겨우 그게 듣기 싫어서?"

"이렇다니깐. 아빠한텐 식탁 위에 가시 뱉지 말란 말도 못 하면서 나한테만 쏟아부으면 무슨 소용이냐고. 아빠한테 생긴 불만을 왜 아빠한테 얘길 못 해? 아빠 때문에 난 짜증을 왜 엉뚱한 나한테 푸는데? 정말 기분 나빠. 내가 왜 혼나는 기분이 들어야 하냐고. 엄마가 지금 밥풀 얘기만 한 줄 알아? 아빠가 식탁에 가시 하나씩 뱉을 때마다 수학 숙제는 다 끝냈느냐, 수행은 다 마쳤느냐, 봉사 일정은 다 짰느냐…… 같은 말이라도 짜증스럽게 말하면 내가 잘못해서 추궁받는 것처럼 들린다고. 내가 언제 그딴 거 못 챙기는 애야?"

"얘가 정말!"

"아빠한테 짜증 난 거 나한테 풀지 마. 엄마가 성질부리는 거 나도 지겨워. 이제 정말 못 참겠어. 그러니 그렇게 하지 마라, 아니면 이렇게 해달라, 아빠한테 직접 말해. 왜 말을 못 해. 우리한테는 잘만 하면서!"

"내가 너한테 아빠 때문에 힘들다고 하소연이라도 했어? 너 붙잡고 내 속마음을 털어놓기라도 했어, 네 외할머니처럼 자식한테 할 말 못 할 말 다 해서 부담 주길 했어!"

"말로만 위하는 척하지 마. 성질은 우리한테 이미 실컷 다 내면서 키웠어. 감정 쓰레기통 역할보다 엄마 눈치 보는 게 더 힘들다고. 언제 터질지 몰라서 안절부절못하면서 사는 게 더 짜증 나! 요즘이 어떤 세상인데 남편한테 쩔쩔매기나 하고. 왜 할 말도 못 하고 사는데! 우리한테 하는 거, 반만이라도 아빠한테 해봐!"

딸아이는 끝까지 지지 않았다.

"부당한 일을 당하면 참지 말라고 가르쳤잖아. 할 말은 하고 사는 사람이 되라며? 근데 엄만 왜 그래. 왜 그렇게 답답하게 살아!"

어느새 남편이 슬그머니 다가와 딸아이의 어깨를 감싸 안았다.

"왜? 엄마가 뭐라고 했어?"

나는 딸아이가 괜한 소리라도 들을까 봐 아무 일도 아니라며 아이를 방으로 떠밀었다. 남편이 나와 딸아이의 뒷모습을 번갈아 바라보더니, 아이에게 마치 둘이 작당하자는 말투로 말했다.

"너, 엄마한테 까불지 마. 그러다 우리 모두 밥도 못 얻어 먹어."

딴에는 내 편인 척하고 싶은 모양이었으나, 나는 이 집에서 밥해주는 사람 이상도 이하도 아니라는 뜻으로 들렸다. 딸아이는 뒤돌더니, 체념의 표정을 짓고는 자기 방으로 들어갔다. 나는 마음대로 한숨도 쉬지 못했다. 차라리 나를 동정하면 나았을 것이다. 차라리 불쌍한 엄마라고 안쓰러워했으면 서운하지도 않았을 것이다. 그러나 딸아이는 나를 못마땅해했다. 나를 답답한 사람으로, 의존적인 구닥다리로 취급했다. 그러니 내가 딸아이에게 할 말은 너는 나처럼 살지 말라는 말밖에 없었다. 나는 이러니 너는 제대로 살라고 가르쳐왔다는 걸 딸은 헤아리지 못한 모양이었다.

딸아이는 올해 원하던 서울의 대학에 입학했고 기숙사 생활을 시작했다. 그토록 원하던 독립이었던지라 딸아이는 많이 들떠 있었다. 마지막으로 딸아이의 자잘한 짐을 옮겨주러 간 남편과 나에게 아이는 좋아 죽겠다는 표정을 감추지 않았다. 새 생활을 앞둔 기대와 기쁨이라는 걸 잘 알아 좋으면서도 서글펐다. 그러다 문득 바보 같은 엄마 품을 떠난 것이 그리 좋은가 싶어, 답답한 엄마를 떠난 것이 그리 신나는 일인가 싶어 우울해졌다. 집으로 돌아오는 차 안에서 나는 입을 꾹 다물고 차창 밖만 바라보았다. 남편은 자식을 떼어놓은 어미의 안타까움이라고 생각했는지, 운전을 하면서도 한 손으로 내 손을 잡고는 괜찮다고 잘 지낼 거라고 몇 번이나 안심시켰다. 내가 걱정하는 건 딸아이가 아니라 딸에게 무의미한 존재로 전락한 나라는 걸 남편에게 설명할 방법이 없었다. 나는 남편의 손을 떨쳐냈다.

딸에 비해 아들은 좀 둔한 편이었다. 아들아이는 내가 남편과 어떤 관계인지 안중에도 없을 것이었다. 양가에서는 첫번째 아들 손자라고 떠받들고, 남편은 알게 모르게 아들이라고 두둔하며 키웠다. 점수에 맞춰 간신히 대학에 들어간 아들아이는 학교가 마음에 안 든다며 2학기에 휴학계를 내버리더니 지난겨울에 입대를 해버렸다. 다시 공부하는 건 어떠냐는 내 말을 귓등으로 듣더니 제 마음대로 내린 결정이었다. 내가 아무리 두 아이에게 똑같이 짜증을 내고, 괜한 화풀이를 해댔어도 아들아이는 별 반응이 없었다. 확실히 딸아이와는 달랐다.

여하튼 그날 열일곱 살 딸아이가 나에게 대들지 않았더라면 나는 지금쯤 더 엉망인 사람이 되어 있을 가능성이 높았다. 그날 딸아이의 앙칼진 목소리 덕분에 나는 정신과를 다니기 시작했던 것이다.

병원을 나오니 운전 연수 시간까지 한 시간쯤 남아 있었다. 집에 갔다 다시 나오자니 애매한 시간이었고, 귀찮기도 했다. 그럴 때마다 들르는 근처의 브런치 카페로 들어갔다. 부근의 수영장에서 나온 젖은 머리의 여자들이 종종 눈에 띄는 곳이었다. 면허를 따겠다고 했을 때 남편은 어이없다는 표정을 지었다.

"다 늙어서 뭐 하러? 이제서 무슨 운전을 하겠다고……"

"오십이 되기 전에 꼭 해낼 거야."

"픽이나."

말이 나온 김에 남편에게 물었다.

"당신은 오십대 앞두고서 이상하지 않았어? 반성할 것들이 떠오른다든가, 남은 생애를 제대로 살아야겠다는 생각, 다시 정신 차리고 살아야겠다는 다짐 같은 거?"

"나만 먹는 나이도 아닌데 뭘 그리 유난스럽게."

"하긴, 그런 생각을 할 수 있는 사람이라면 애초에……아니다."

내 말을 듣는 둥 마는 둥 하던 남편은 들고 있던 핸드폰에서 시선을 떼지 않았다. 작년 말에 아들아이가 입대를 하고, 올봄부터 딸아이가 기숙사 생활을 하면서 나와 남편은 말이 더 없어졌고, 집은 더욱 조용해졌다. 주말에 딸아이가 내려와야 겨우 사람 사는 집 같았지만, 초기에나 주말마다 내려왔을 뿐 두어 달이 지나기도 전에 과제니, 엠티니 갖가지 핑계를 대며 겨우 한 달에 한 번 정도 얼굴을 비쳤다. 여자아이를 객지에 혼자 두었으니 걱정되고 염려

되었지만, 그렇다고 평생 끼고 살 수도 없는 게 자식이었다. 그저 한창 좋을 나이라며 부러움의 한탄을 하는 것이 차라리 나았다.

면허를 딴 건 올봄이었다. 딸아이마저 기숙사로 가고 나니 나 혼자 있는 시간은 더 늘어나고, 할 일은 더욱 줄어들었다. 남편이 회식이라도 하는 날이면 하루 종일 입 한 번 열지 않았다. 귀찮으니 나 먹을 걸 차릴 일도 없었다. 빨래도 일주일 넘게 모아야 겨우 한 번 돌릴 만한 분량이 되었다. 우울증이 심해진 것도 올봄이었다. 하루 종일 이불 속에 누워 있거나, 멍하게 창밖을 바라보기 일쑤였다. 그도 아니면 온종일 부엌에서 나오질 못하고 뭔가를 계속 먹어 댔다. 어느 날인가는 의사 앞에서 마냥 울다가 나온 날도 있었다.

푸른 줄무늬 셔츠를 입은 의사는 자판에 손을 올려놓은 채 내 울음이 그치기를 기다렸다. 내가 무슨 말을 하면 한마디도 놓치지 않겠다는 듯이. 의사는 갑 티슈를 통째로 내밀었다. 의사가 힐끔 벽시계를 바라보았다. 그제야 정신이 들었다. 억지로 호흡을 정리하니 눈물도 줄어들었다. 의사는 약을 바꾸자고 했다. 이제껏 자기 전에만 한 번 먹었는데 아침, 점심, 저녁마다 먹고 이전과 다른 종류의 약으로 용량도 늘린다 했다. 나는 고개를 끄덕였다. 어차피 마음도 몸이었다. 아픈 데는 좋은 약으로 고치면 되었다. 운 게 너무 표가 났는지 내 다음 순서의 젊은 여자가 진료실에 들어가는 것도 잊은 채 내 얼굴을 빤히 쳐다봤다. 나는 얼른 고개를 돌렸다.

우울증약이라는 것이 그랬다. 잘 맞으면 일상이 평온해지고 가시 돋친 마음은 무뎌진다. 화날 일도, 노여울 일도, 짜증 날 일도 없었다. 분노나 수치심, 슬픔도 사라졌다. 부정적인 감정은 사그라들고 긍정적인 감정들만 살아남았다. 남편이 혈압약을 먹듯이 나는 항우울제를 복용했다. 감기약이나 비염약을 먹듯이 불편한 증상이 나타나면 약으로 다스리는 것과 같다고 여기면 편했다.

약을 늘리고 다시 평상을 되찾자, 그제야 왜 그토록 울었는지, 그 원인이 무엇인지 정확히 알 수 있었다. 남편이 친구들과 동남아로 골프 여행을 다녀오겠다고 했기 때문이었다. 출국 날짜와 3박 4일 일정이라는 얘기를 듣는 순간부터 울화가 치밀어 올랐다. 남편의 뻔뻔함을 묵인하는 나를 향한 분노와 파렴치한 남편의 행동에 대한 수치심이 원인이었다.

그래서 운전 연수를 시작했다. 몇 번이나 떨어진 후에야 간신히 받은 면허였다. 차를 몰고 싶은 이유는 단 한 가지였다. 내 마음대로 어디든 가고 싶다는 욕망. 집에서 벗어나고 싶을 때 언제든 떠날 수 있도록, 가족들로부터 사라지고 싶을 때 마음껏 나설 수 있도록, 여기가 싫어지면 어떻게든 여기를 버릴 수 있도록. 운전은 절실했고 나는 많은 연습이 필요했다. 나이도 나이인데다 공간 감각이 둔했다. 차선도 잘 지키지 못했고, 사이드미러나 룸미러의 시야각이 잘 받아들여지지 않았다. 도통 거리감도 없어 주차는 아예 불가능했다. 그래도 올해 안에는 끝내겠다는 계획을 꾸준히 실천하고 있었다. 사십대에 가장 잘한 일에 운전을 꼽고 싶었다.

운전 연수 선생은 삼십대 중반의 남자였다. 타이트한 청바지에 무채색의 셔츠를 즐겨 입고, 항상 선글라스를 끼고 있었다. 운전 선생은 일단 안정적인 주행이 중요하다고 했다. 중앙선에 맞춰 달리는 연습과 핸들 움직임, 액셀과 브레이크의 감각을 익히는 것부터 하자고 했다. 도시 외곽 도로만 빙글빙글 돈 지 일주일이었다.

남편은 운전 연수를 잘 받는지, 운전은 얼마나 늘었는지 한 번도 묻지 않았다.

"당신이 무슨 운전을 하겠다고."

이 말은 애초에 내가 운전을 한다는 것 자체를 인정하지 않겠다는 남편의 의지였다. 나는 사용하지도 않을 골프채를 열심히 닦는 남편의 뒤통수만 오래 노려볼 뿐이었다.

남편이 외도를 한 건 첫아이를 임신하고 만삭이 다 되었을 때였다. 내 발톱을 깎아주던 남편이 조심스럽게 말을 꺼냈다. 우리가 못 한 지 얼마나 됐지? 나는 발을 뒤로 빼고 자세를 고쳐 앉았다. 싫다는 걸 무리하게 하자고 덤빈 남편 때문에 하혈을 하고 난리를 친 게 겨우 일주일 전이었다.

"또 하자고요?"

"아니, 아니. 당신 힘들어서 못 하는 거 알지. 큰일 날 뻔했는데, 내가 또 하자고 하겠어."

"그런데 왜 물어보는데요?"

남편은 다시 내 발목을 잡아 부드럽게 자기 앞쪽으로 당겼다. 그러곤 조심스럽게 발톱을 깎으며 조곤조곤 말했다. 남자는 원래 못 참는 존재라고. 태어나길 그렇게 태어난다고. 당신이 만삭이어서 못 해주는데 어떡하느냐고. 자기는 이걸 풀지 못하면 괴롭다고. 자기를 위해서라도 한 번만 이해해달라고. 말하지 않고 하면 당신을 배신하는 것 같아서, 차라리 말하고 하는 게 낫다고 생각했다고.

"지금 나한테 다른 여자를 만나는 걸 허락해달라고요?"

남편이 고개를 끄덕였다. 무슨 말도 안 되는. 고민할 가치도 없어 단번에 거절했다. 그러나 남편은 끈질겼다. 남편과 나의 실랑이는 길게 이어졌다.

그때 만약 남편이 말하지 않았더라면, 딴짓을 하더라도 비밀로 했다면, 차라리 나에게 철저히 숨겼더라면, 그럼 나와 남편의 관계는 조금 나아졌을까. 지금의 나는 약을 먹지 않고 지낼 수 있을까.

남편은 지치지 않고 나를 졸랐다. 자신만 그러는 게 아니라고 했다. 남자의 본능은 자기가 어떻게 할 수 있는 문제가 아니다. 바람피우는 것과는 다른 차원의 일이다. 감정이 없는, 그저 몸의 욕구만 해소하는 일이다. 자기가 오죽하면 이렇게 밝히며 부탁하겠느냐. 나는 너에게 거짓말을 하는 사람이 되고 싶지 않았다. 그건 너를 믿었기 때문인데 너는 나를 안 믿어서 이러는 것이냐. 나를 믿어라. 너는 나를 믿고 이해만 하면 된다. 내가 언제 너를 실망시킨 적 있느냐. 내가 언제 너를 힘들게 한 적 있느냐. 나는 변함없이 너를 사랑하고, 평생 사랑할 사람이다. 그러니 나를 받아들여라. 수긍하지 않는 너를 원망하고 싶지 않다. 그러니 나를, 남자인 나를 이해해야 한다. 이해해주지 않는다면 나는 너에게 거짓말을 할 게 분명하다.

도대체 스물다섯의 나는 무슨 마음으로 고개를 끄덕였던 걸까. 나는 남편을 힘들게 하는 아내가 되고 싶지 않았을 것이다. 남편이 원하는 걸 하게 두는 것이 사랑을 받는 방법이라고, 남편의 제안을 거절하지 않는 게 훌륭한 아내가 되는 방법이라 믿었던 것이다. 그냥 바보였던 거지. 그때만 생각하면 가슴이 답답했다.

그때 생각은 정말 하고 싶지 않은데, 의도적으로라도 회피하고 싶은데, 꼬박꼬박, 오후가 되면, 창밖으로 해가 저물고 거실에 붉은빛이 차오르면, 여지없이 어수룩하고 멍청한 스물다섯의 내가 떠올랐다. 그러면 화가 났다. 염치라곤 눈곱만큼도 없는 인간을 남편으로 둔 내 자신이 한심해졌다. 멋모르던 나를 꾀어 제멋대로 살았던 그 시절의 남편이 너무 싫어 미칠 것만 같았다. 지금까지 그렇게 살아온 것이 참담했다. 누구에게도 말할 수 없는 비밀을 품고 살게 한 것도, 사이좋은 부부로 연기하도록 종용한 것도, 거추장스럽고 힘겨운 감정을 감수하게끔 한 것도 남편이었다. 해 질 녘만 되면 이기적인 남편을 향한 분노가 불쑥불쑥 솟구쳤다.

　그러나 나는 남편을 이기지 못하는 여자였고, 분노의 화
살은 자꾸 아이들에게로 향했다. 딸아이의 말이 정확히 맞
았다. 해가 지고, 스물다섯 살의 바보 같았던 내가 떠오르
면, 그 화를 참지 못해 괜한 트집을 잡아 아이들에게 쏟아
붓곤 했다. 처음에는 가벼운 짜증이었을 것이다. 글씨를 좀
예쁘게 쓰자, 밥은 똑바로 앉아서 먹어야지, 빨리 씻고 나
와라 같은. 자잘한 잔소리는 꾸중이 되고, 꾸중은 화가 되
고, 화는 나 자신에 대한 화까지 돋워 이성을 잃게 했다. 그
럴 때마다 아이들에게 소리를 질러댔다. 여자애가 그런 차
림으로 다니면 사람들이 참 좋다고 하겠다, 응? 넌 남자애
가 계집애처럼 소심해서 앞으로 어떻게 살아갈래! 그것도
못 참을 거면 공부 때려치워! 세상에서 공부가 제일 쉽다
는 말 내가 했어 안 했어! 귀에 딱지가 앉도록 말했는데, 지
금 엄마 말이 말처럼 안 들려? 내 말이 우스워? 내가 우스
워? 뭘 잘했다고 울어, 울긴! 안 그쳐! 이따위로 할 거면 학
교도 그만둬! 그따위로 살 거면 이 집에서 나가버려! 같은
말들.

　세월이 지날수록, 그러니까 아빠를 그렇게 길들여놓은
건 엄마인데, 왜 자기에게 분풀이를 하느냐고 딸아이가 조

목조목 반박하던 날까지, 나는 매일매일, 아주 조금씩 정도를 늘려가며 아이들을 괴롭혀왔던 것이다.

그래서 나는 내 발로 정신과를 찾아갔다. 내가 정상이 아니었다는 것을, 내가 미친 여자처럼 굴어왔다는 것을, 그러다가 아이들까지 잃게 될 것 같은 불안감이 들었다는 것을, 처음으로 깨달았던 것이다. 딸아이가 용기를 내서 나에게 덤벼준 덕분이었다. 딸아이가 아니었으면 나는 여태까지 그 분노의 굴레에서 벗어나지 못한 채 지옥에서 살고 있을 터였다. 의사는 나의 증상을 만성 스트레스와 우울증이라고 설명했다. 처방해준 약을 꼬박꼬박 먹었다. 그제야 내가 무슨 잘못을 저질러왔는지 알아차렸다. 정신이 들자 그동안 묵묵히 그 짜증을 다 받아준 아이들에게 미안했다. 그리고 고마웠다. 무엇보다도 나와 남편의 관계를 정확히 짚어준 딸아이에게 큰 빚을 진 기분이었다.

후회는 점점 깊어졌다. 진작 병원을 다니고 약을 먹었으면 아이들을 괴롭히지 않았을 텐데. 아이들에게 모진 소리 같은 건 하지 않고 살 수 있었는데. 내가 아이들의 인생에 나쁜 밑거름을 만들어놓은 것이 아닌가 싶어, 혹시라도 아이들에게 어두운 그림자를 만들어놓은 건 아닌가 싶어 몸 둘 바를 몰랐다. 원인 제공은 남편이었다 해도 결과를 만든 건 내 탓이었다. 그건 결국 내 잘못이라는 뜻이었다. 이 뒤틀린 감정을 내 의지나 나의 마음가짐으로 고칠 수 없다는 걸 너무 늦게 깨달은 것은 아닌지, 나는 끊임없이 불안했다.

남편은 참 뻔뻔한 사람이었다. 연년생으로 둘째를 가지고, 두번째 만삭이었을 때도 남편은 똑같은 걸 요구했다. 한 번이 무섭지, 그다음부터는 쉽게 무너지는 것이 사람의 습성인 걸까. 때때로 꽃과 액세서리를 선물하고, 여행 계획을 세워 어떻게든 바깥바람을 쐬게 했던 1년이었다. 나는 두번째도 허락을 할 수밖에 없었다. 남편의 논리는 명료했다. 지난 1년 동안 자기가 남편으로서 부족한 게 있었느냐는 질문. 답을 찾을 수 없었으므로 남편은 완벽한 남편이 되고, 나는 남편을 이해해주어 사랑을 받기에 충분한 아내가 되었다.

연년생 아이를 키우는 일은 전쟁과 같았다. 양가 도움을 받아도 살이 자꾸 빠졌다. 하루하루가 살아가는 것이 아니라 버티는 것이었다. 나라는 인간은 없고, 그저 젖을 먹이고 밥을 먹이는 먹이통이 된 기분이었다. 다음 날 출근을 해야 하는 남편은 자야 했으므로 나 혼자 아이를 보느라

4년 정도는 밤잠을 제대로 자본 적이 없었다.

아이들을 기관에 맡기게 되면서부터는 본격적으로 집 안일에 열중했다. 계절마다 인테리어에 변화를 주어 집 안 분위기를 바꾸고, 아침저녁으로 쓸고 닦았다. 매끼 새 밥을 해서 먹였고, 직접 김치를 담갔으며, 식탁에는 김치를 제외한 반찬 다섯 가지를 기본으로 올렸다. 인스턴트나 반 조리 음식 따위는 집에 들이지도 않았다. 계절마다 과일청과 장아찌를 담갔고 철철이 온 식구들에게 한약을 먹였다. 양가의 자식이나 며느리 중에서 유일하게 직장에 안 다니는 내가 주로 집안 대소사를 맡았다. 틈이 나면 부모 교육 강의를 들으러 다녔고 재테크 공부도 소홀하지 않았다. 당연히 아이들의 교육도 전적으로 나에게 주어진 일이었으므로 모든 선택 사항 앞에서 고민하고 골치를 앓는 것도 내 할 일이었다. 주어진 내 몫들을 나는 기꺼이 수행했다. 남편과 내가 분담한 의무를 철저히 이행한다고 믿었기 때문이다.

또 다른 분담도 있었다. 바로 각자의 여행을 인정하는 것. 일찍 결혼을 한 탓에 친구나 동창 들은 거의 다 싱글이었다. 그들은 주기적으로 여행을 다녔고 거기에 끼지 못하는 나는 곧잘 상실감에 빠지곤 했다. 옆에서 지켜보던 남편이 나도 동행하라 했다. 못 갈 이유가 없다고 했다. 아이들을 이유로 들자, 남편이 나서서 친정이나 시가에 아이들을 맡길 수 있게 해주었다. 여행지까지 나를 데려다주고 데리러 오는 일도 마다하지 않았다. 친구나 동기 들은 세심하고 자상한 남편이라고 쉽게 추켜세워줬고, 그 칭찬은 나에 대한 부러움으로 작용했다. 물론 결혼하지 않은 친구들과의 대화에서 공통점을 찾기가 쉽지는 않았다. 그래도 나는 집을 떠나, 남편과 아이들에게 벗어나, 가족이 아닌 타인들과 교류하는 것만으로도 나에게 주어진 하루 이틀간의 짧은 시간이 그렇게 값질 수가 없었다. 부엌에서 벗어날 수 있다는 것, 아이들의 뒤치다꺼리를 하지 않아도 되는 것, 동동거리며 남편 뒤를 따라다니지 않는 것만으로도 숨통이 트였다. 그러나 그렇다는 것을 나는 밖으로 드러내진 않았다. 그 어떤 불편함과 어려움들, 결혼으로 인한 부정적인 것들은 전혀 입 밖으로 내지 않았다. 그러게 왜 그리 빨리 결혼했느냐는 말을 듣고 싶지 않았다. 내가 선택한 삶이기 때문이었다. 그들의 삶과 내 삶을 비교할수록 그들의 자유가 부러웠다. 그들에게 주어진 다양한 기회와 무궁한 선택지가 빛나 보였다. 인정하고 싶진 않지만 나도 모르게 빨리 결혼한 스스로가 원망이 되기도 했다.

그럴수록 나는 철저히 나를 숨겼다. 스스로 나를 깎아내리는 우를 범하진 않았다.

해가 지날수록 그들은 불안정한 자신들의 삶에 고민이 많아졌고, 반대로 나는 더욱 평안한 삶의 위치에서 그들의 이야기를 관망할 수 있었다. 경제적 불안, 사회의 편협한 시선, 결혼 그 자체, 삶의 자세 등등 이미 나는 안정권에 들어선 것들에 대해 그들은 계속 고민 중이었고 계속 흔들렸다. 그래서 여행을 마치고 집으로 돌아가는 길에는 뭐 하나 부족한 게 없는 내가, 세상이 인정하는 보편타당한 가정을 꾸리고 있는 내가, 평온한 삶의 궤도에 안착한 내가, 얼마나 행복한 사람인지 새삼스럽게 깨닫곤 했다. 싱글들이 절대 모를 기쁨을 누리는 내가 너희들보다 우위에 있다는 자만이 마치 충만한 삶을 영위하는 증거처럼 여겨지기도 했다.

단 한 가지, 만삭이었을 때 남편의 외도만이 내가 완벽하지 않다는 반증이 되었다. 그럴수록 나는 그 일이 부부라면 가질 수 있는 은밀한 비밀 같은 것일 뿐이라고 자위했다. 이미 끝난 일이며 내가 상관하지 않으면 아무 문제가 안 된다고 나를 설득했다. 나는 완벽하고 싶었다. 그들이 바라보는 대로 완벽한 가정을 꾸리는 우아한 전업주부로 굳게 자리매김되는 게 중요했다.

내가 친구들과 정기적으로 여행을 다니듯이 남편도 친구들과 여행을 다녔다. 나의 여행을 지지해주었던 남편이었으므로 나도 남편의 여행을 기꺼이 받아들였다. 남편의 말대로라면 남자들끼리의 여행은 별것이 없었다. 이삼일 동안 낚시하며 술 마시기, 등산하고 술 마시기, 바닷가에서 바다 보며 술 마시기가 전부라고 했다. 그러다 사십대가 되고 나서는 그동안 모은 회비를 쓰기 위해 해외여행을 가기 시작했다. 한번 다녀오더니 국내보다 해외가 더 가성비가 좋다는 이유로 계속 바깥으로 떠나곤 했다. 주로 가격이 저렴한 동남아에서 골프를 치고 오는 일정이었고, 돌아올 때면 비싼 화장품이나 향수, 유명한 브랜드의 가방 등을 내밀곤 했다.

여하튼 나와 남편은 서로에게 자유로운 시간을 보장해주고 북돋우는 부부였다. 다른 부부들과는 달리 조금 특별한 부부 같기도 했다. 가끔 남편 친구들과 부부 모임이라도 하게 되면 남편 친구들은 나를 향해 제수씨처럼 좋은 와이프가 세상에 흔치 않다고 칭찬하곤 했다. 그들의 부인들이 나를 샐쭉거리며 쳐다볼수록 정말 내가 뭐라도 된 듯이 우쭐한 기분도 들었다. 남편의 친구들이 인정하는 좋은 아내라는 게 대단한 훈장 같았다. 그만큼 남편이 행복한 사람이라는 증명 같아서, 남편을 그렇게 만든 게 나라는 사실이 뿌듯했다.

아들아이가 고등학교에 입학하던 해에 남편이 지방으로 발령이 났다. 행정 도시로 구축된 신도시였으나, 아이들 입시 때문에 선뜻 따라갈 수 없는 상황이었다. 기관과 오피스텔밖에 없는 허허벌판에서 곧 대입을 준비할 아이들을 키울 수는 없었다. 결국 주말부부로 살기로 했다. 기관 이전으로 남편은 바쁘다는 말을 달고 살았다. 처음에는 매주 올라오더니 보름에 한 번, 한 달에 한 번…… 간격이 점점 길어졌다. 빨랫거리가 걱정이 되거나 밑반찬이라도 들고 내려가겠다고 하면 그럴 필요 없다고 완강히 마다했다. 나 고생시키기 싫다는 게 이유였다. 생전 집안일 한 번 안 해본 사람이었는데 직접 청소와 빨래를 하고 스스로 세탁소에 다림질거리를 맡긴다고 했다. 저녁까지 해결되는 구내식당도 좋다고 했다. 나 없이 살 수 있을까 싶은 염려가 무색해졌다. 남편만 없는데도 새벽 밥상 차리기는 물론이고 집안일이 절반 이상 줄어든 기분이었다. 오죽하면 삼대가 공을 쌓아야 할 수 있다는 주말부부라며 친구들의 부러움을 사기도 했다.

내게 남은 일이란 묵묵히 아이들 뒷바라지하는 것밖에 없었다. 그저 양질의 식사를 준비하고, 학원 소식을 빠르게 찾아다니고, 입학 설명회를 부지런히 다니며, 어떻게든 아이에게 도움이 될 만한 정보를 지닌 엄마들 모임에 꼬박꼬박 참석하며 그 무리와의 관계를 공고히 하는 것이었다. 그 덕은 아니었겠지만 아이들의 성적은 무난히 상위권을 유지했다.

친구나 동창 들에게 나는 걱정거리 없는, 운 좋고 복 많은 여자였다. 시가나 남편 흉 한 번 본 적 없는데다, 자식 고민도 없는 건 오로지 나밖에 없었던 것이다. 그럴 때마다 나는 겸손하게 웃곤 했다. 다들 그렇게 살면서 괜히 나한테만 그런다며 세상 물정 모르는 척 대꾸하곤 했다.

그도 그럴 것이 나는 누군가에게 나의 허물을 보인 적이 없었다. 나의 약점이 노출되는 것을 절대 용납하지 않았다. 분명 친정 엄마의 영향이었다. 오빠와 남동생 사이에 딸자식은 나뿐이었다. 엄마는 흔히 친구나 마음 맞는 이웃 들에게 할 법한 이야기들, 남편은 당연하고 아들자식들에게도 절대 하지 못할, 자기의 진짜 속마음을 나에게만 털어놓았다. 서슬 퍼런 시어머니에게 받은 스트레스, 남편을 향한 험담과 두 아들에 대한 불만을 오로지 내게만 토로했다. 딸은 남이 아니었으니 밖으로 이야기가 새 나갈 염려가 없는 훌륭한 감정 쓰레기통이었다. 엄마는 내 식솔의 허물은 결국 내 허물이 된다는 말을 수시로 하곤 했다. 고백하듯 자신의 허물을 드러내면 사람들은 쉽게 위로를 건네겠지만, 뒤도는 순간 결국 우리의 불행을 빌미로 자신의 행복에 안도할 것이라고 덧붙였다. 타인의 행복을 증명하기 위해 내 불행을 전시할 필요는 없다는 의미였다. 나 역시 절대로 남에게 나의 눈물이나 가족의 실수를 들키면 안 된다는 걸 철칙으로 삼고 살았다. 남들은 물론이고 나는 딸아이에게도 속내를 보이지 않았다.

모처럼 남편이 올라온 주말이었다. 그나마 주중에 내 생일이 껴 있어서 올라온 것이었다. 남편의 생일 선물은 현금 봉투였다. 그럴 줄 알고 봐두었던 여름 원피스를 살 생각이었다. 고등학교 2, 3학년이었던 아이들은 아침부터 학원에 가고, 남편은 소파에 누워 텔레비전을 보다 까무룩 잠이 들었다. 고요하고 조용한 주말 오전이었다. 남편의 손에 쥐여 있던 핸드폰이 바닥으로 툭 떨어졌다. 그것도 모른 채 남편은 낮게 코를 골았다. 핸드폰을 주워 소파 테이블에 올려놓는데, 급한 연락인지 연달아 메시지가 뜨기 시작했다. 남편은 어느새 팔짱을 낀 채 몸을 돌려 소파 등에 코를 박고 제대로 자고 있었다. 읽으려고 읽은 게 아니라, 읽을 수밖에 없는 상황이었다.

언제 내려오느냐고, 조금 일찍 내려오면 안 되겠느냐고, 보고 싶다고, 당신이 올라가 있으면 자기는 한숨도 못 자겠다고, 그러니 빨리 내려오라고.

나는 그 자리에 서서 꼼짝도 할 수 없었다. 마지막 퍼즐 조각이 맞춰진 것처럼 모든 것이 명료해졌다. 그동안의 남편이 그제야 이해가 되었다. 몇 개의 숫자 조합을 누르자 핸드폰 잠금장치는 쉽게 열렸다. 비밀번호는 결혼기념일이었다. 나는 사진 폴더를 열었다. 대번 낯선 여자의 얼굴이 나타났다. 나는 크게 심호흡을 한 뒤, 남편의 전화기를 들고 안방으로 들어가 문을 잠갔다. 작정을 하고 남편의 핸드폰을 뒤지기 시작했다. 낯선 여자의 사진을 넘겨보면서 나는 점점 더 아득해졌다.

사진 속 배경은 남편의 오피스텔이 아닌, 잘 꾸며놓은 아파트 실내였다. 게다가 여자의 포즈는 누가 봐도 연인 앞에서나 보일 수 있는 몸짓이었다. 찍지 말라며 카메라를 향해 장난스럽게 손을 내젓는 모양, 언제 그랬느냐는 듯이 정면을 응시하며 눈을 동그랗게 뜬 얼굴, 잘 차려놓은 식탁 앞에서 활짝 웃는 표정이나 케이크 앞에서 눈을 감고 소원을 비는 장면은 이제 막 연애를 시작한 사람만이 보일 수 있는 면면이었다.

놀라운 건 자기가 찍히는 줄 모르는 여자의 사진이 많다는 것이었다. 멀리 건물 밖을 나오는 흐릿한 모습이라든지, 다른 곳을 주시하며 지하 주차장으로 들어서는 모습, 카페 창밖을 무심히 바라보는 실루엣 같은. 심지어 주방에 서 있는 뒷모습이나, 소파에 깊숙이 몸을 파묻고 심각한 표정으로 통화를 하는 모습, 침대 머리맡에 기대앉아 책을 보는 옆모습 등이 각각 수십 장씩 찍혀 있었다. 그것만으로도 남편이 이 여자를 어떤 감정으로 바라보는지 짐작하기에 충분했다. 상대의 예쁜 모습을 찾기 위해 여러 각도에서 자연스러운 포즈를 찍은 사진들이라는 것을, 순간순간이 애틋해 어떻게든 그 시간을 기록하고 싶은 시선이라는 걸 눈치챌 수 있었다. 마치 갓 부모가 된 젊은 부부가 남의 눈에는 다 똑같아 보이는 갓난아이의 사진을 찍고 찍기를 반복하듯이, 남이 보기엔 별다를 바 없는 사진이지만 찍은 사람에게만은 한 장 한 장 남다른 사진이 되어버리는, 다정한 감정이 가득 담긴 사진들이었다. 본능에 의해서가 아니라, 마음 없이 몸만 가 있는 것이 아니라, 몸과 마음이 다 여자한테 가 있다는 확실한 증거이기도 했다. 여자는 나보다 날씬하고 젊고 예뻤다.

당연히 가족 폴더도 있었다. 지난겨울부터 역순으로 이어지고 있었다. 주로 내가 찍어 보낸 아이들 사진이었다. 정면 사진은 귀찮다는 표정이 고스란히 나타났지만 아이들이 의식하지 않을 때 내가 몰래 찍은 사진은 모두 반짝이고 어여쁜 아이들의 평소 모습 그대로였다. 그러나 아무리 사진을 넘겨도 아이들과 함께 찍은 사진 말고 내 독사진은 한 장도 없었다. 단번에 비교가 되는 순간이었다. 소중하고, 애틋하고, 귀하고, 좋아하는 것들을 많이 찍어두고 싶은 건 보편한 마음일 터였다. 그러니 사진만 봐도 사진 찍은 이가 피사체를 향해 어떤 감정을 지녔는지 고스란히 느껴지기 마련이었다. 이제껏 나는 그렇게 찍힌 사진이 없었다. 신혼 시절부터 최근까지를 돌이켜봤다. 단언컨대 남편이 나 모르게 나를 찍은 사진은 없었다. 나는 남편에게 주인공이었던 적이 없었으며, 기록해두고 싶은 찰나의 순간조차 없었다는 뜻이었다. 남편에게 내가 어떤 존재인지 극명하게 밝혀지는 순간이었다.

이왕 본 김에 대화방이나 메시지 창도 열어봤다. 남편이

지방에서 어떻게 지내는지 낱낱이 알아내고 싶었다. 기가 막히지만 사진 폴더의 여자 말고도 만나는 여자들이 또 있었다. 그뿐이면 다행이었을까.

동남아 여행을 다니는 친구들과의 대화방에 들어가서는 기함을 하고 말았다. 음란 사진과 동영상 링크 주소가 줄지어 올라와 있었다. 나는 몇몇 주소를 눌러보고선 너무 놀라 손으로 입을 막으며 신음을 삼켰다. 불법 촬영된 사진과 동영상 들, 예컨대 모텔에서 불특정 다수가 맺는 성관계라든지, 여자 탈의실, 잠든 여자 가족의 치마 속 사진들, 이제 갓 중학생이나 됐을 법한 남자아이들이 한 여자아이를 집단 강간하는 장면이나, 여자 화장실을 찍은 동영상까지. 정말 구역질이 났다. 흔히 말해오던, 남자라면 다 본다는 것이 이런 영상이었단 말인가.

그 와중에 그들은 또 조만간 동남아 여행을 계획 중에 있었다. 나는 화면을 올려 시간을 소급해갔다. 대화 창에서 남편은 집요하게 초경을 안 치른, 열댓 살 되는 여자아이들을 찾고 있었다. 친구들이 어지간히 밝히라며 남편을 놀렸다. 어느 날 자식이라고 나타날 게 두렵느냐고, 찾아온다면 아마 수십 명은 될 테니 포기하라는 말을 농담이랍시고 찧고 까불어대고 있었다. 그러니까 동남아 여행은,

골프를 치러 가는 것이 아니라, 여자를, 것도 어린 여자를, 제 자식들보다도 어린 여자아이들을 사러 가는 것이었다. 더 이상 입이 다물어지지 않았다. 어린 여자아이들을 끼고 놀기 위해 그동안 동남아를 들락거렸다는 것이, 이 엄청난 걸 감쪽같이 속이며 살아왔다는 것이 기가 막혔다. 이건 나만 배신한 게 아니라, 우리 가족 모두를 배신하는 행동이었다.

나는 거칠게 숨만 내쉬었다. 어떻게 대처해야 옳은지 판단이 서지 않았다. 전화기를 들이밀어 변명이라도 해보라고 악다구니를 쳐야 할까. 그냥 조용히 헤어지자고 해야 하나. 맞바람이라도 피우거나, 이를 악물고 복수라도 해야 하나. 그러나 외국 남자들에게 몸을 내놔야 했던 이국의 어린 여자아이들은, 돈으로 거래된 그 여자아이들은……내가 감당하기에 너무 큰일이었다.

방문을 조심스럽게 열고 나갔다. 남편은 그대로 소파 등에 코를 박고 자고 있었다. 나는 조용히 남편의 머리맡에 핸드폰을 놓아두었다.

용기가 나지 않았다. 어떻게 싸워야 하는지, 뭘 요구해야 하고, 뭘 선택해야 하는지 도통 알 수가 없었다. 어떤 확신도 서지 않았다. 사진 속 여자들과 당장 관계를 청산하라고, 어울리던 친구들과 교류를 끊으라고, 다시는 동남아 여행을 가지 말라고 요구하면 그만인가. 그렇다면 남편은 다시 그런 짓을 안 할까. 지금껏 해온 짓을 안 하면 그걸로 그만인가. 설사 그렇다 해도 궁극의 해결은 아니었다. 남편은 속이려고 작정만 하면 어떻게든 속일 작자였다. 평생 여자를 돈으로 사고, 바라보지 말아야 할 것을 탐내고, 해서는 안 될 일을 아무렇지 않게 저지르며 쾌락을 누려온 사람이었다. 못되고, 도리를 업신여기며, 범죄를 남발한 파렴치한이었다. 만삭일 때의 남편을 떠올리면 그런 인간이라는 게 새삼스러울 것도 없었다.

그때나 지금이나 다를 바가 없는데 그때는 이해하고 지금은 못 참겠다는 건 모순인 걸까. 그때는 괜찮고 지금은 안 괜찮다고 하는 건 이율배반이 아닐까. 한참 고민했지만 분명한 건 만삭일 때의 나와 지금의 나는 다른 사람이라는 것이었다. 그때는 남편이 만날 대상이 누군지 전혀 고려하지 않았다. 나 역시 온전히 남편의 입장에서 세상을 바라보고 있었던 것이다. 그러나 지금의 나는 달랐다. 세월이 흐른 만큼 새로 배운 것들이 축적된 성인이었다. 무엇보다 나는 딸을 키우는 엄마였고 여자였다. 그래서 냉혹해지기가 어려웠지만 억지로 고개를 가로저었다. 진정제를 몇 알이나 먹었는지 모른다. 그것으로도 안 되어 정신과에 가서 더 강한 효과를 내는 약을 요구했다. 간신히 마음을 다스린 후, 나는 결정을 내렸다.

아이들에게 상처를 주고 싶지 않았다. 남편의 범죄를 고발해 지금껏 누린 사회적 안락과 경제적 안온을 포기할 수도 없었다. 남편의 허물이 나의 결함이나 아이들에게 치부가 되도록 둘 수도 없었다. 남편에 대한 불신은 절대 회복되지 않을 것이다. 그러나 나만 참으면, 나 하나만 입을 다물면 모두 평화로울 수 있었다. 내 인생에 이혼이라든지, 범죄자 남편 같은 건 계획에 없던 사항이었다. 내 삶의 틀을 부수고 싶지 않았다. 보편적이고 타당한 가족의 이미지를 그대로 유지하고 싶었다. 나는 비겁해지기로 했다.

제일 먼저 한 일은 동남아 여행 때마다 선물로 건넨 무수한 화장품과 향수, 액세서리, 가방을 몽땅 다 버린 것이다. 그 짓을 하고 올 때만 내 생각이 났단 말이지. 양심에 걸렸더라면 아예 빈손으로 들어왔어야지. 고작 이런 걸 주섬주섬 챙기며 면죄부를 받고 싶었단 말인가. 화장품은 내용물을 칼로 후벼 파거나 도려내버렸다. 향수는 병째 박살을 냈고, 액세서리는 발로 뭉개 망가뜨렸다. 가방은 가위로 난도질을 해 내팽개쳤다. 쓰레기가 돼버린 것들을 내려다보는데 비참했다. 내 인생이 이런 쓰레기들에 둘러싸여 있었다는 것에 몸서리쳤다.

남편이 올라오지 않는 주말엔 내가 꼬박꼬박 내려갔다. 바쁘다고 해도 무작정 남편의 오피스텔로 찾아가 남편이 기겁하도록 만들었다. 은근히 여자와 마주치기를 바랄 때도 있었다. 그럼 첫마디를 뭐라고 할까, 그 상황에 처한 남편은 뭐라고 변명을 할까. 드라마에선 뺨부터 때리던데. 찬물을 냅다 끼얹을까. 그러다가 이내 고개를 절레절레 흔들었다. 저속한 상상력이 나를 너무 누추하게 만들었다. 고상함을 포기하기 싫었다. 종종 수험생인 아이들을 대동하기도 했다. 말도 없이 아이들까지 데리고 찾아가면 남편은 사색이 되어 한동안은 매주 집으로 올라오곤 했다.

신도심에 새 아파트를 분양받을 때에는 내 이름으로 계약서를 썼다. 너도 하나 가지고 있으니까 나도 하나 갖자했다. 남편은 세금 문제를 이유로 꺼려 했지만 나는 고집을 꺾지 않았다. 이만큼 살아왔는데 아파트 하나 정도는 내 이름으로 해놔도 되지 않겠느냐고 목소리를 키웠다. 남편이 마지못해 응했고, 새 아파트는 내 명의가 되었다.

생활비 통장을 제외한 남편 명의의 저금통장 속 현금을

모두 내 통장으로 옮겨두었다. 비상금 통장도 따로 만들어 생활비의 얼마간을 따로 떼내어 채워갔다. 수혜자를 내 이름으로 한 남편의 생명보험도 하나 더 들어두었다.

결혼 생활 내내 쓰던 존대도 집어치웠다. 나이 차이가 있으니 처음 만났을 때부터 존대를 했다. 아이를 키우면서는 아빠의 위신을 세워주겠다며 더욱 공을 들여 해왔던 존대였다. 이런 인간에게 20여 년간 꼬박꼬박 존대를 해왔다니. 남편이 의아하게 여기는 듯해서 이제 살 만큼 살았는데 뭐 어떠냐고 시큰둥하게 대꾸해버리고 말았다. 남편은 떨떠름한 듯싶었지만 별말 없었다.

너무 당연한 변화는 남편과 함께 눕지 않는 것이었다. 소파나 식탁 앞에든 어지간하면 가까이 있질 않았다. 남편은 적잖게 당혹스러워했지만 나는 갱년기를 핑계로 모든 게 다 귀찮다고 했다. 나는 안방 침대를 썼고, 남편은 손님방의 싱글 침대나 거실의 소파에서 잤다. 침대나 소파에 새우처럼 웅크려 잠든 걸 목도할 때마다 나는 그 얼굴에 침이라도 뱉고 싶은 걸 억지로 참곤 했다.

바꾸지 못한 건 아침밥 차리기뿐이었다. 그놈의 밥. 그깟 밥. 오냐, 그 정도는 해주마. 입 구멍으로 밥을 처넣는 남편의 얼굴을 볼 때마다 메스꺼웠지만 나는 꾹 참으며 남편이 먹고 난 상을 치웠다. 시금치 한 줄기, 밥 한 톨이라도 남편이 손댄 건 모조리 버렸다. 아침이고 저녁이고 같이 밥을 먹지도 않았다. 먼저 먹었다든지, 입맛이 없다고 둘러대고는 밥을 차려두고 먹거나 말거나 나는 관심 없이 텔레비전이나 봤다. 어느 날인가는, 자기에게 뭐 서운한 게 있느냐고 묻기도 했는데 텔레비전에서 시선을 떼지 않은 채 대수롭지 않게 아니,라고 대답했다.

딸아이가 수시로 대학에 붙자마자 아예 남편이 지내는 신도시로 이사를 했다. 여러모로 살기가 불편한 곳이었다. 제대로 된 문화시설도 없고 물가도 비싼 데다 교통도 안 좋았지만 주말부부를 할 이유가 없다는 이유로 살림을 합쳤다. 남편과 같은 집에 산다는 것 자체가 끔찍했지만, 혼자 산다고 제 마음대로 쑤석거리고 다닐 것이 뻔한 남편의 꼬락서니는 더 싫었다. 남편을 불편하게 하는 것이 내가 불편한 것보다 나았다.

"오늘은 어제보다 훨씬 안정감이 있으시네요."

운전 선생이 칭찬을 해주면 괜히 기분이 좋았다.

"올해 안에는 혼자 다닐 만하겠죠?"

"그럼요. 자꾸 연습하시면 되죠."

나는 고개를 끄덕이며 운전 선생 쪽을 힐끔 쳐다봤다. 단단하고 기다란 허벅지와 적당히 그을린 팔뚝이 건강해 보였다.

"어, 신호등 보셔야죠!"

한눈파는 사이 노란불로 바뀌었고, 나는 속도를 줄이지 못하고 액셀을 세게 밟아 사거리를 통과했다.

"잘하셨어요. 억지로 급정거하는 것보다 상황 보고 빨리 지나가는 게 나을 때도 있어요."

이젠 신도심의 외곽 순환 도로를 한 바퀴 도는 데 50분쯤 걸렸다. 처음엔 한 시간도 더 걸렸다. 신기하게도 하루하루 시간이 단축되었다. 지난주에는 45분밖에 안 걸려서 운전 선생에게 잘했다는 소릴 들었다. 빨리 운전해서가 아니라 적정한 속도를 잘 유지했다는 칭찬이라고 덧붙였다. 외곽 도로만 빙빙 돌더니, 이번 주부터 한 시간은 외곽 도로, 남은 한 시간은 시내에서 좌회전과 우회전을 연습해보자 했다. 말만 들어도 진땀이 흘렀다.

"괜찮습니다. 제가 옆에 있으니까 걱정 마시고요. 천천히 가볼까요. 저 사거리에서 좌회전할 겁니다. 좌회전 차선으로 들어가볼게요."

나는 깜빡이를 켜고 속도를 줄여가며 좌회전 차선으로

들어갔다.

"네, 잘하셨어요."

성격이 싹싹한 건지, 직업 특성인 건지 쉬지 않고 잘했다, 잘못했다, 그럴 땐 이렇게 해라, 어떤 땐 그렇게 해야 한다 등등 계속 이야기를 해줬다. 운전 선생만 옆에 있으면 운전이 무섭거나 힘든 일이 아닌 것 같았다.

"자, 신호등 바뀌었죠. 핸들을 왼쪽으로 감습니다. 조금 더 빨리! 이젠 얼른 풀어야죠. 그렇죠!"

핸들 조작이 늦어 운전 선생이 핸들을 밀듯이 풀어줬다. 손가락이 길쭉하고 손톱이 동그스름했다. 그러고 보니 목소리도 좋은 편이었다. 자꾸 허벅지에 눈이 갔다. 애인이 있을까? 있겠지. 결혼은 안 했을 거 같은데……

"저 앞에서 우회전할 겁니다. 차선부터 바꾸고, 신호등 잘 보시고요."

선생님 말을 잘 듣는 어린 학생처럼 나는 시키는 대로 조심스럽게 핸들을 돌렸다. 좌회전, 우회전, 좌회전, 우회전을 계속 반복한 한 시간이었다. 생각보다 어렵지 않았다. 운전 연습 하는 두 시간은 언제나 금세 지나갔다.

"오늘도 수고하셨습니다."

운전 선생이 고개 숙여 인사를 했다. 운전 선생의 저 공손함은 내가 나이 든 사람이어서, 수강생이어서 보이는 예의겠지. 컬이 들어간 밝은 갈색의 머리칼, 큰 키, 날렵한 턱선, 매끈한 피부, 단단한 허리와…… 괜히 혼자 얼굴이 붉어졌다.

남편은 회식이라고 했다. 술을 마시는지 딴짓거리를 하고 오는지 알 방법은 없었다. 그런 생각이 들 때마다 굳이 남편 옆에서 지내는 내가 참 위악적인 인간이라는 생각이 들곤 했다. 최근 지역 뉴스에서 구도심 일대 윤락 업소와 신도심의 일반 오피스텔 등에서 성매매 행위가 이뤄지고 있다며, 집중 단속 기간을 갖는다는 보도가 있었다. 신도심은 법적으로 유해 시설이 들어설 수 없는 곳이었다. 모텔은 고사하고 술집도 별로 없는 곳인데 집중 단속을 한다니. 사람이 사는 곳이면 어디든지 그 짓거리를 하고야 마는 것인가, 비위가 상했다. 때론 확 적발돼서 파면이라도 당하면 차라리 속이라도 편하겠지 싶었다. 그러나 이내 아이들 생각에 아비가 그렇게 추하게 전락해서는 안 된다는 생각이 들었다. 공무원 신분인데도 이제껏 용하게 안 걸리고 제 하고 싶은 짓 다 하며 살아온 것만 해도 자기 생애의 운을 다 썼을 것 같았다. 모르지, 또 누가 뒤에서 봐주는 놈이라도 있을지. 어디 하나 멀쩡한 데가 없는 세상이니 말이 안 되는 것도 말이 되는 모양이었다.

가끔 텔레비전 고발 프로그램에서 코피노 문제를 접하면, 어느 날 문득 커다랗고 맑은 눈을 가진 아이가 아빠라며 남편을 찾아오는 건 아닌지 두렵기도 했다. 남편이 들락거린 나라만 해도 한두 군데가 아니었다. 그곳에서 매번 성매매를 했다고 생각하면 인간처럼 보이질 않았다. 그럴 때마다 헤어지는 게 나은 선택인지, 다시 원점으로 돌아가 골몰하게 되었다. 그러다 이내 고개를 저었다. 아이들에게 아직 부모의 자리가 필요했다. 부모의 힘, 부모의 역할이 필요했다. 취업에, 결혼에…… 옆에서 지켜줘야 할 일이 아직도 계속 남아 있다고 애써 이유를 만들었지만, 사실은, 아직도, 나는, 남들의 입방아에 오를까 봐, 실패한 인생의 주인공이 될까 봐, 나 역시 온당한 선택을 하지 않은 인간이었다는 게 들킬까 봐 겁을 먹은 속물일 뿐이었다.

딸아이가 과제 때문에 주말에 안 오겠다는 걸 당일치기라도 하라며 불러들였다. 아들아이가 휴가를 나왔기 때문이었다. 다 같이 모여 밥은 먹어야 할 것이었다. 그런데 정작 아들아이 얼굴 보기가 더 힘들었다. 휴가마다 만날 사람이 왜 그리 많은지, 통 집에 붙어 있질 않았다. 남편은 그냥 두라고 했다. 한창 놀 때라고 했다.

"뭐 하고 노느냐가 중요하지."

남편이 나를 슬쩍 쳐다봤다.

"누구 닮아서 덥석 애 밴 여자애라도 데리고 올까 봐."

"말에 가시가 있다."

"가시 없어. 진지하게 걱정된다고. 피임이나 제대로 할지."

남편은 더 이상 입을 열지 않았다.

"한 여자랑만 놀아도 다행이긴 하겠다."

"사람이 참! 할 소리, 안 할 소리가 있지!"

"왜? 내 말이 어때서? 아무 데서나 바지춤 내리고 다니는 놈일지 어떻게 알아."

"엄마라는 사람이 자식한테 그렇게 말하고 싶니? 여자 친구라도 있으면 다행이겠다 싶은 애한테 무슨 그런 말을."

"겉만 보고 어찌 알아. 아들도 남자야. 불알 달린 것들은 여자든 남자든 많이 끼고 있을수록 좋은 거 아냐?"

"진짜, 참 듣기 불편하게 말한다. 대체 왜 그래? 애가 걱정되면 전화나 해봐. 나한테 구시렁대지 말고."

아들아이에게는 매일 연락이 오고 있었다. 친구들을 만나러 다니느라 집에 들어올 틈이 없을 뿐이지, 거짓말인지 진짜인지 알 도리는 없었지만 여하튼 누구와 어디서 뭘 하고 있는지 꼬박꼬박 보고는 하고 있었다.

결국 주말에 네 식구가 다 모였다. 그런데 식구들의 화제는 아들아이가 아니라 딸아이였다. 딸아이가 쇼트커트를 하고 나타났기 때문이었다. 지난번에 볼 때까지만 해도 옅은 갈색의 웨이브 진 머리가 허리에서 찰랑거렸는데, 귀와 뒷목이 다 드러나도록 바짝 자른 머리로 나타난 것이었다. 화장도 안 한 민얼굴에 짧은 머리가 산뜻하고 시원해 보였다. 커다란 티셔츠를 입었는데 얼핏 보니 브래지어도 안 한 것 같았다. 기겁을 한 건 아들아이였다. 머리가 그게 뭐냐,부터 시작해 남자 같다느니, 앞뒤 구분이 안 된다느니, 실연이라도 당했느냐고 묻더니, 말끝에 혹시 너도 메갈이냐,라고 물었다. 대꾸 없이 픽픽 웃어대던 딸아이가 그 말에는 발끈해서 눈을 치켜뜨자, 아들아이가 먼저 딸아이의 입을 막았다.

"됐어! 페미 당하고 싶지 않으니까 그만! 그것 때문에 오랜만에 애들이랑 노는데 너무 피곤하더라."

딸아이가 수저를 탁 내려놓더니 벌떡 일어났다.

"넌 손이나 닦고 다녀!"

제 오빠에게 버럭 소리를 지른 딸아이가 밥과 국을 그대로 남긴 채 잘 먹었습니다, 저 혼자 인사를 하곤 자기 방으로 쑥 들어가버렸다. 문득 겁이 났다. 너무 많이 변한 딸아이의 외모 때문에 무슨 일이 생긴 건 아닌지 걱정이 되었다. 아들아이가 음식을 우물거리며 혼잣말을 했다.

"왜 저래, 생리한대?"

"그 입 좀 다물지!"

남편은 아무 말 없이 아들아이가 좋아하는 해물찜을 아이 앞으로 밀어주었다. 내가 먼저 한 소리 했다.

"한두 살 애들도 아니고, 간만에 모였는데 너는 꼭 그렇게 말해야 되겠어?"

"엄만 왜 나한테만 그래."

"가만히 있는 애 건드린 게 너잖아."

"당신도 그만하지."

남편이 나를 제지했다. 꼭 저렇게 내 입을 다물게 해서 아이들 앞에서 머쓱하게 만드는 건 남편의 특기였다.

"어서 먹어, 아들."

아들아이의 어깨를 두드리며 흐뭇하게 웃는 남편이 가증스러워 보였다. 딸아이가 좋아하는 갈비와 잡채가 차갑게 굳어가고 있었다. 그러거나 말거나 아들아이는 게걸스럽게 해물찜에 밥을 두 공기나 비우고 일어났다. 아들아이도 낯설긴 마찬가지였다. 여동생이라면 벌벌 떨 정도는 아니어도 친절한 오빠 축에 들던 아이였다. 한 살 차이인데도 별로 싸우지 않아 키우기 수월했던 아이들이었다. 군생활이 아들아이를 변하게 한 걸까. 나로선 알 수 없는 일이었다.

식탁에서 물러난 남편이 딸아이 방에 들어가더니 한참 동안 나오질 않았다. 아들아이는 소파에 널브러져 텔레비전 채널을 돌려대고 있었다. 네 식구가 다 모였는데 분위기는 어색하기만 했다. 식탁을 치우고 과일을 준비하는데 그제야 남편이 딸아이 방에서 나왔다. 남편이 내 옆에 와서 딸아이한테 용돈 넉넉하게 줬으니 심통 풀릴 거라고, 자랑하듯이 말하고서는 아들아이 옆에 앉아 같이 텔레비전을 보기 시작했다. 설거지를 하는 동안 남편과 아들아이는 뭐가 그리 재미있는지 텔레비전을 보며 정신없이 웃어댔다. 얼핏 보니 옛날 교복을 입은 남자 연예인들이 죽 둘러앉아 말장난을 하는 예능 프로그램이었다. 해맑게 웃는 아들아이의 얼굴을 보니 나도 모르게 마음이 환해졌다. 그러다 이내 혼자 있는 딸아이가 걱정되었다.

"과일 먹자."

방문을 열자 핸드폰을 붙들고 침대에 비스듬히 앉아 있던 딸아이가 고개를 가로저었다. 짧은 머리가 영 어색하긴 했다. 과일 접시를 책상 위에 두고 딸아이 옆에 앉아 아이의 손을 잡고 다시 물어봤다.

"정말 무슨 일 있는 거 아니지?"

"아니, 아무 일도 없어."

"머리도 그냥 자른 거고?"

"응."

"긴 머리 예뻤는데. 아니, 지금도 안 예쁜 건 아닌데……"

"안 예뻐도 상관없어."

응? 내가 어리둥절해하자 딸아이가 실실 웃더니, 엄마 탈코라고 알아?라고 물었다. 뭐?

"탈코. 탈코르셋."

말 그대로 해석해보니, 무슨 뜻인지 어렴풋이 알 것 같았다.

"누가 강요해서 한 건 아니지?"

"구닥다리 같은 소리 그만해."

딸아이는 제 머리를 손으로 툭툭 털어댔다.

"되게 편해, 엄마."

"그래, 편해 보인다."

어쩐지 딸아이가 근사해 보였다. 책이라도 읽겠다면서 침대에서 일어나 책장 앞에 선 딸아이가, 방을 나서는 나를 불러 세웠다.

"엄만 별일 없는 거지?"

"엄마가? 왜?"

"아빠 보니까 엄마가 참 피곤할 거 같아서."

"아빠가 뭐라 했어?"

"아니, 아빠야 뭐라 안 해도 뻔한 사람이니까 그렇지."

"아빠한테 뭐 서운한 거라도 있어?"

"아니라니깐. 돈 좀 주고 오지게 생색내고 나갔어."

"말버릇 좀 봐라."

"오빠나 나나 다 컸으니까, 이제 눈치 보지 말고 엄마 하고 싶은 거 하면서 살아. 이제껏 미뤄둔 것 있으면 과감히 해도 돼. 뭐든 참지도 말고. 더 늙기 전에."

"징그럽게 왜 그러지?"

"그냥 엄마 나이가 아까워서."

"지금 나 늙었다고 놀리는 거야?"

"친구들이랑 놀러도 다니고."

"내 친구들 애들은 이제 겨우 초딩, 중딩 되더라. 엄마만 자유 부인이야."

딸아이가 씩 웃었다. 서늘한 그 웃음이 어쩐지 시큰했다. 문을 닫다 말고 이번엔 내가 딸아이를 다시 불렀다.

"참! 엄마 요즘 운전 연습하고 있어!"

"오!"

딸아이가 과장된 몸짓으로 박수를 쳐주었다. 나는 한 번 웃어 보이고 조용히 방문을 닫아주었다.

자식에게 나를 들키는 일은 부끄럽고 창피하기만 했다. 그것도 원치 않는 비밀이라면 더더욱. 나중에서라도 왜 그렇게 살았느냐고 지탄만 받지 않으면 다행일 거라는 생각이 들었다. 어쩐지 딸아이가 더 큰 것 같았고, 그만큼 내 품에서 조금 더 멀어진 것 같았다.

아들아이 방문을 여니 통화 중이라며, 무턱대고 나가라는 손짓을 해댔다. 얼핏 담배 냄새가 맡아졌다. 문을 닫으려는데, 아들아이의 푸른 머리가 예사로 보이지 않았다. 아들아이도 가슴을 시리게 하긴 마찬가지였다. 아들아이는 그새를 못 참고 나를 밖으로 밀어내곤 서둘러 방문을 닫아버렸다.

남편은 소파에 앉아 보던 예능 프로그램을 혼자 계속 보고 있었다. 아까와는 달리 웃지도 않고 무심한 표정이었다. 아이 둘이 다 와 있는데도 적막한 밤은 다르지 않았다. 안방으로 들어가려는데 남편이 내 손목을 잡았다.

"오늘은 같이 자자. 애들도 있는데."

나는 남편의 손을 뿌리쳤다.

"귀찮아. 혼자 자니까 세상 편하고 좋더라. 가. 나 잘 거야."

남편이 방문 앞에서 미적거렸다.

"당신 요즘 무슨 일 있어?"

"내가 뭐?"

"아니 그냥."

남편이 무슨 말인가 하려다가 말았다. 나는 침대에 걸터앉아 말을 이어갔다.

"참, 다음 주엔 어디로 간다고 했지? 베트남? 캄보디아? 하도 여기저기 쑤시고 다니니 알 수가 있나."

나는 주먹으로 베개를 팡팡 쳐서 동그란 모양을 만들고선 침대에 누웠다.

"언제 한번 둘째랑 다녀와봐. 부녀간 여행, 낭만적이네. 당신은 워낙 자주 다녔으니 어디든 빠삭할 테고."

"다 큰 딸이 참 아빠랑 가고 싶어 하겠다. 지들끼리 다녀야 좋지."

"하긴, 당신도 친구들이랑 다녀야 별짓을 다 해도 아무도 모르지. 내가 그 생각을 못 했네. 불 꺼. 피곤해."

나는 이불을 턱까지 덮고 눈을 감아버렸다. 남편이 나를 보고 있다는 걸 알았지만 상관하지 않았다. 탈칵, 한참 뒤에야 불을 끄는 소리가 유난히 크게 들렸다.

다음 날 오전, 아들아이도 다시 친구들을 만나러 올라간다고 해서 두 아이 모두 KTX를 태워 보내야 했다. 인사를 하며 아들아이, 딸아이를 한 번씩 안아주었다. 남편도 아이들에게 두 팔을 벌렸다. 남편이 딸아이를 안을 때는 나도 모르게 소름이 끼치고 말았다. 저런 인간이 딸아이를 안을 땐 무슨 생각이 들까. 부끄러움이나 창피함 같은 마음이 있기는 한 걸까. 딸을 키우는 인간이 그따위 영상을 훔쳐보고, 짐승 같은 짓을 하러 다니는 게 과연 가능한 건가. 머릿속에 그 생각만 들어차 있다는 건가. 나는 열차가 출발해서 보이지 않을 때까지 팔짱을 낀 채 서 있었다. 세상엔 너희 아빠 같은 인간들이 수두룩 빽빽하단다. 아들아이는 아들아이대로, 딸아이는 딸아이대로 걱정이 되었다. 이렇게 흉흉한 세상에 멋도 모르고 내놓은 것부터가 내 잘못 같았다.

신도시까지 이어진 국도를 달리는데 저만치 벚꽃으로 유명한 강가가 보였다. 벚꽃나무 길이 청량한 초록색으로 빛나고 있었다. 나는 고개를 돌려 차창 밖만 바라보았다. 남편이 어색한 공기를 깨며 먼저 말을 걸어왔다.

"이번에 나갔다 들어오면 둘이 여행이나 다녀오자. 애들 학교 보낸다고 같이 어딜 다닌 지도 오래됐더라고."

근 7, 8년 동안 꼼짝없이 아이들의 입시를 지켜봐야 했다. 둘째만 대학에 들어가면 급한 불은 끈 거라고 생각했다. 그럼 인생을 관통하는 커다란 걱정거리는 사라질 줄 알았다. 새삼 바보 같았다. 애초에, 처음부터, 남편이 발톱을 깎아주던 그날부터, 나는 바보였던 거다.

"언제부터 같이 다녔다고, 뭘 같이 다녀. 각자 다니면 되지. 가고 싶으면 혼자 실컷 가. 나도 혼자 잘 다녀올 테니까."

"도대체 왜 맨날 말투가 그 모양이지?"

"내가 뭐 잘못 말했어?"

"관두자."

"시작한 것도 없어."

하아, 남편의 긴 한숨에 퀴퀴한 입 냄새가 풍겼다. 더러워. 더러운 새끼. 더러운 개새끼. 나는 창문을 열고 고개를 내밀었다. 시원한 바람이 머리를 헝클었다. 나도 남편을 속이고 싶었다. 남편을 신나게 배신하고 싶었다. 나도 다른 남자를 만나고, 어린 남자애들과 뒹굴면 공평해지는 걸까. 그럼 억울하지 않을까? 이내 고개를 가로저었다. 똑같은 인간이 되겠다니. 그렇게 무참한 생각을 하다니, 내가 어떻게 된 모양이었다.

남편이 동남아로 출발한 건 6월 첫 주 주말을 낀 연휴였다. 아들아이는 진작 부대로 복귀했고, 딸아이는 시험이 남아 못 내려온다고 했다. 모처럼 혼자 보내는 주말이었다. 초여름처럼 더웠지만 하늘은 파랬고, 바람은 시원했다. 하루 종일 아무것도 먹지 않고, 꼼짝없이 텔레비전 앞에만 앉아 있었다. 결국 나 혼자였다. 어떻게든 나 혼자였다. 거실의 커튼이 바람에 펄럭 날리더니 동그랗게 말려올랐다가 풀썩 가라앉기를 반복했다. 그걸 무심히 바라보던 나는, 무슨 결심이라도 한 사람처럼 벌떡 일어나 남편의 차 키를 챙겨 들었다. 그리고 무작정 지하 주차장으로 내려갔다. 세워둔 남편의 차를 찾아 운전석에 앉았다.

오후 3시 15분. 시간부터 확인했다. 안전벨트를 매고, 의자 위치를 맞춘 다음 사이드미러와 룸미러를 조정했다. 브레이크를 밟고, 기어를 D로 옮긴 다음, 시동 버튼을 눌렀다. 명쾌하게 시동이 걸렸다. 나는 핸들을 왼쪽으로 돌리며 조심스럽게 발을 뗐다. 자동차가 주춤주춤 왼쪽으로 움직였다. 통로의 가운데로 느리게 나아가는데 차 한 대가 정면으로 다가왔다. 나는 비상등을 켜고 창밖으로 손을 내밀어 물러서라 했다. 내가 생각해도 어이없었지만 나는 오른쪽으로 붙일 재간도, 빈 주차 자리에 다시 넣었다 뺄 엄두도 내지 못했다. 마주한 차의 운전자가 분명 나를 미친 인간 취급할 게 뻔했지만 아랑곳하지 않았다. 뭐 어쩌겠어. 뻔뻔하게 생각하니 용기가 났다. 지상으로 올라가야 했다. 액셀을 밟았다. 쿠르릉 하는 큰 소리가 났지만 튕기거나 흔들리지 않고 무사히 출구를 빠져나갔다.

아파트 입구 밖까지 나가자 익숙한 도로가 눈앞에 펼쳐졌다. 두렵고 떨렸지만 나쁘지 않았다. 후회와 걱정 따위는 눈곱만큼도 들지 않았다. 나는 이미 출발했고 차는 곧게 나아가는 중이었다. 혼자 차를 몬다는 건 이런 기분이구나! 이마와 등허리, 겨드랑이에 땀이 차올랐지만 한편으로는 비실비실 웃음이 새어 나왔다. 내가 미쳤지. 그러나 되돌아갈 생각은 없었다. 여하튼 앞으로 가야 한다. 초록불이면 액셀을 밟고, 빨간불이면 브레이크를 밟았다. 급정거를 하지 않도록, 앞차와 거리를 유지하며, 차선을 바꿀 때는 미리 깜빡이를 켠 다음에 주춤거리지 않게 속도를 내며 진입했다. 운전 선생에게 귀에 딱지가 앉도록 들은 주의 사항을 차분히 떠올리며 하던 대로만 했다. 어쩐지 능숙해진 기분이 들었다. 별거 아니라는 생각이 들었다. 운전 선생이 옆에 앉아 있을 때처럼 도시 외곽을 한 바퀴 돌았다. 소요 시간 52분. 나쁘지 않았다. 이번엔 좌회전을 하고 회전 교차로에서 다시 좌회전을 한 다음 우회전을 해서 아까와 반대 방향으로 한 바퀴를 돌기로 했다. 왔던 길을 거꾸로 가는 것뿐인데 무척이나 낯설고 완전히 새로운 길 같았다.

남편은 지금쯤 비행기에 올라탔겠지. 속수무책으로 지랄을 하고 다닐 것이 뻔했지만 적어도 지금은 내 상관할 바 아니었다. 아들아이는 지금쯤이면 일과를 끝냈겠구나. 딸아이는 착실히 공부하고 있겠지. 그나저나 주차는 어떻게 하지? 안 되겠다 싶으면 어떻게든 대났다가 주차하는 사람을 붙잡아 부탁하면 되지 않을까. 뭐 어떻게든 되겠지. 걱정이 되면서도 한편으로 묘한 해방감도 느껴졌다. 그 양가적인 기분이 사람을 이상하게 흥분시켰다. 도심만 뱅글 돌 게 아니라 다른 길로 가볼까, 라는 생각이 든 건 그때였다. 해가 저물고 어스름한 어둠이 깔리기 시작했다. 나는 연습하러 나온 게 아니었다. 나는 달려 나가고 싶었다. 방향을 틀기로 했다.

멀리 사거리가 나타났다. 우회전을 하면 신도심을 벗어나 구도심으로 연결되는 도로가 나오게 되어 있었다. 그래, 거기로 가봐야겠다. 긴장했지만 무사히 차선을 잘 바꿨다. 신호등을 확인했고, 속도를 줄여가며 핸들을 오른쪽으로 돌리는 순간, 건널목 앞으로 자전거가 튀어나왔다. 콱, 브레이크를 밟았고, 곧이어 뒤에서 쿵 소리가 났다. 몸이 앞으로 쏠렸다가 돌아왔다. 자전거는 보이지 않았다. 어디선가 경적 소리가 들렸고, 나는 멍하게 앞만 바라보았다.

정신을 차리고 보니 아파트 주차장이었다. 내려서 한 번 더 자세히 보니 차체 뒤가 찌그러져 있었다. 헛웃음만 나왔다. 운전 선생이 내 옆으로 와서 차 키를 건넸다. 웃음은 나는데 키를 받아 드는 내 손은 덜덜 떨렸다.

"병원에 다녀오시는 게 어떠세요? 지금은 아무 이상 없는 것 같지만, 자고 나면 온몸이 아플 수도 있어요. 오늘 미리 가서 안정제라도 맞으면 훨씬 수월하실 텐데."

"그보다도 선생님."

"네."

"저랑 커피 한 잔만 하고 가시겠어요?"

"아, 경황도 없으실 텐데 올라가셔서 좀 쉬셔야죠."

"제가 진정이 잘 안 돼서요. 떨리고, 무섭기도 하고……"

"제가 병원으로 모셔다드릴까요?"

"아뇨, 커피면 될 거 같아요. 이왕 시간 내주셨으니, 염치 없는 부탁 한 번 더 할게요."

뒤를 들이받은 운전자는 아기 엄마였다. 뒷자리 카시트에 앉아 있던 아기가 계속 울어댔고, 아기 엄마는 남편에게 전화를 거는 모양이었다. 아기 엄마는 남편이 시키는 대로 나에게 전하는 모양인데 나는 도통 알아듣질 못했다. 그치지 않는 아기 울음소리에 괜히 초조해졌다. 나는 운전 선생에게 전화를 걸었다. 이 도시에서 아는 사람이라곤 운전 선생밖에 없었다.

사고를 낸 운전자의 면허증을 확인하고, 연락처를 주고받았다. 운전 선생은 블랙박스가 있으니 보험사만 부르면 될 거라고 안심시켰다. 보험증이 어디에 있는지 몰라 한참 헤맨 다음에야 간신히 찾았고, 보험사에 전화를 걸었다. 여하튼 경찰에 신고할 정도는 아닌 듯싶었다. 목이 쉬도록 그치지 않는 아기 울음소리에 더 정신이 팔렸고, 마음은 진정이 되지 않았다. 다시 운전석에 앉을 엄두가 나지 않았다.

"선생님, 미안한데요. 이리로 와주실 수 있을까요? 멀리 계시나요?"

통화를 마친 지 얼마 지나지 않아 운전 선생이 이리로

달려오는 게 보였다. 덜컥 심장이 멈출 것 같았다. 기다리던 연인을 만난 것마냥 가슴이 마구 두근거렸다. 부근에 있어서 얼마나 다행인지 모르겠다는 말은 내가 아니라 운전 선생이 먼저 꺼낸 말이었다.

뜨거운 커피를 마시니, 그제야 손 떨림이 가라앉았다.

"괜찮으세요?"

운전 선생은 걱정 가득한 표정으로 물었다. 몰랐는데 쌍꺼풀이 없는 큰 눈에 선한 눈매를 가진 얼굴이었다. 휴일이어서 그런지 야구 모자를 쓰고 찢어진 청바지에 빈티지한 티셔츠를 입고 있었다. 목선이 시원하게 드러나 울대뼈가 더 도드라져 보였다. 근육이 발달한 팔뚝, 팔목에 채워진 커다란 메탈 시계, 찢어진 부위로 보이는 무릎뼈와 흰운동화. 평소의 분위기와 사뭇 달랐다. 조금 더 어리고 훨씬 더 건장해 보였다.

"저 때문에, 죄송해요. 겁도 없이 차를 끌고 나오다니, 제가 잠시 어떻게 됐었나 봐요."

죄송하다는 말을 열 번은 더 한 것 같았다. 그때마다 운전 선생은 손사래를 치면서 자기라도 달려올 수 있어서 얼마나 다행이었느냐는 말을 반복하며 나를 안심시켰다. 다시 커피 한 모금을 삼켰다. 반밖에 안 남은 커피를 보니 어쩐지 아쉬운 마음이 들었다.

"남편분은 언제 오세요?"

"이번 주 일요일에나……"

"차 수리나 보험, 혹은 그쪽과 합의 같은 건 남편분과 함께 처리하세요. 혼자 하지 마시고요."

입이 자꾸 바짝바짝 말랐다. 또 커피 한 모금, 한 모금, 이제 바닥이 보이려 했다. 더 이상 손이 떨리지 않고, 숨이 고른 게 왜 서운한 건지.

"이제야 표정이 좀 괜찮아지시네요."

나를 바라보던 운전 선생과 눈이 마주쳤다. 미소 띤 얼굴에 나도 모르게 가슴에서 쿵 소리가 나는 것 같았다. 제가 좀더 잘 가르쳐드렸어야 했는데, 어쩐지 제 잘못도 있는 것 같아요,라고 말할 때는 두 볼이 살짝 상기되기까지 했다.

"선생님, 혹시 결혼하셨어요?"

뜬금없는 질문이었는데도 운전 선생은 소탈하게 웃으며 아니라고 대답했다. 그 대답에 안도감이 들었다.

"애인은요? 사귀는 분은 있으세요?"

없다면? 내가 뭘 할 수 있다고?

"네, 아직 없습니다."

아, 곁에 아무도 없다는 대답에 가슴이 뛰었다. 운전 선생은 아이스커피를 죽 들이켰다. 나는 저 남자에게 뭘 바라고 있는 걸까. 운전 선생을 빤히 쳐다봤다. 운전 선생은 내 시선이 부담스러운지 창밖으로 시선을 돌렸다. 쉰이 다 되어가는 여자가 이런 마음으로 자기를 쳐다본다고 생각하면 불쾌하겠지? 육십대 남자가 나를 이렇게 바라보며 상상한다고 생각하니 역겨웠다. 허탈감과 민망함이, 무엇보다도 창피한 마음이 밀려들었다. 상상도 마음대로 해서는 안 될 일이었다. 나는 결심한 듯이 남은 커피를 마저 다 마셔버렸다.

"선생님이 너무 친절하고 자상하셔서, 혹시 싱글이면 제 조카라도 소개하고 싶어서 실례되는 질문을 해버렸네요. 기분 상하신 건 아니죠?"

"아뇨. 그렇게 봐주시니 제가 감사하죠. 고맙습니다."

조카라니, 나도 참 주책없었다. 그러나 제멋대로인 마음을 내 잘못이라 할 수 있을까. 나도 어쩌지 못하는 게 마음인데.

"제가 좀 정리가 되면 제대로 식사 대접할게요. 사양하지 마세요."

나도 모르게 툭 튀어나온 말이었다. 운전 선생이 웃으며 그러겠다고 했다. 그 대답을 마지막으로 자리에서 일어났다.

그날 밤, 나는 한숨도 이루지 못했다. 어두운 방에 똑바로 누워 두 눈을 크게 뜨고 천장을 쳐다보며 생각에 골몰했다. 내가 운전 선생을 앞에 두고 떠올린 음습한 생각들에 대해서. 그럼에도 불구하고 식사 대접을 하겠다고 여지를 남긴 나의 너저분함에 대해서. 온당하지 못한 태도에 대해서. 옳지 못한 일은 끝까지 옳지 않다는 것에 대해서. 이제껏 그것을 간과해온 내 자신의 잘못에 대해서. 그러니 이제는 인정해야 했다. 결단을 내려야 했다.

나는 남편에게 밝히기로 마음먹었다. 다 알고 있다고. 그러니 당신이 저지른 일에 책임을 지라고. 그것이 여하튼 우리가 부부로 살아온 세월에 대한 예의이자 두 아이에 대한 의무라고.

남편과 나는 왜 여기까지 오게 된 것일까. 어디서부터 잘못된 걸까. 스물다섯 만삭의 내가 남편의 제안을 끝끝내 거절했더라면. 혼전 임신을 했더라도 배 속 아이를 없앨 생각만 했더라면. 결혼이 해결 방법이 아니라는 걸 당연한 것으로 알고 있었다면. 아예 남편을 만나지 말았더라면. 처음부터 모두 지울 수만 있다면. 새벽녘이 다 되어서야 진정제와 수면제까지 털어 먹고서 간신히 눈을 붙일 수 있었다. 자고 나니 온몸이 뻐근하고 두통이 심했다. 이불 밖으로 나오기 싫었다. 마음이 가는 대로 살아야 행복하다고 말한 사람은 누구였을까. 내 마음이 가자는 대로 가버리는 게 정말 나를 사랑하는 방법일까. 나는 이를 악물고 몸을 일으켰다. 꼭 할 일이 있었다.

우선 두 아이에게 긴 편지를 썼다. 딸아이 말처럼 이제 어린애들이 아니었다. 이런 편지를 쓸 수밖에 없는 나를 이해해줄 거라 믿었다. 내 편을 들어줄 수도 있겠지. 혹은 굳이 모든 것을 밝힌 나를 원망하거나 미워할 수도 있었다. 설사 그렇더라도 서운해하지 말자. 섭섭해하거나 노여워하지도 말자. 편지를 다 쓴 다음, 몇 번이고 되풀이해서 읽었다. 그러고는 서둘러 편의점으로 가 택배로 접수시켰다. 혹시라도 마음이 바뀔까 봐, 오늘의 나를 후회하고 철회할까 봐, 나약한 나와 마주할까 봐. 집으로 돌아오는 길엔 어쩔 수 없이 조금 울었다.

그다음 날에는, 그러니까 남편이 돌아오기 전날에는 같이 동남아 여행을 간 패거리의 부인들에게 하나하나 전화를 넣었다. 고등학교 때부터 친구 사이라던 그들, 성매매를 위해 1년에 두 번씩 뭉치는 그 끈적하고 위대한 우정의 결과가 어떤 것인지 알렸다. 부인들의 반응은 제각각이었고, 마치 죄를 지은 사람마냥 나는 연신 죄송하단 말을 하며 통화를 마쳐야 했다.

따지면 이혼만큼 쉬운 선택이 없었다. 그러나 나는 남편과 헤어지지 않기로 했다. 만삭일 때 남편의 성매매를 묵인한 건 내 잘못이었다. 남편의 과오에 얼마간은 나의 방관도 책임이 있었다. 그래서 아이들에게 아빠의 범죄를 알리고, 배우자로서 지금껏 묵인하고 살아온 나의 큰 잘못을 사과했다. 진실을 고백하는 것으로, 어떠한 대가든지 아빠와 공동으로 짊어지겠다고 밝혔다. 아이들에게서는 연락이 없었다. 아이들대로 마음을 추스를 시간이 필요할 것이었다. 그러므로 훗날 돌아올 아이들을 위해 나는 남편과 끊임없이 싸워댔다.

남편은 미친 사람 같았다. 악을 질러대고, 물건을 집어 던지고, 나에게 욕설을 퍼붓거나 발을 구르며 혼자서 집 안을 뱅글뱅글 돌아다녔다. 스스로 통제하지 못하는 상태가 되면 손찌검이라도 할 듯이 주먹을 들이대며 나를 위협하곤 했다. 그럴 때마다 나는 두 눈을 똑바로 뜨고 남편을 노려봤다.

"손끝 하나라도 건드려봐. 당장 투서부터 넣을 거니까. 내가 경찰서엔 신고 못 할 줄 알아?"

"도대체 나한테 왜 이런 거니. 도대체 왜! 왜 이제서!"

"인간처럼 살고 싶어서."

남편이 허탈하게 웃어댔다.

"야, 말은 똑바로 하자. 우리만큼 멀쩡한 집이 어디 흔한 줄 아니? 뭐라도 부족한 게 있었어? 남편 직업에, 똑똑한 애들에, 이만한 재산에! 그렇다고 내가 너를 무시하길 했어, 우습게 여기길 했어?"

"안 무시해서 그렇게 살아오신 거야? 두 집 살림하고, 새파란 애기들한테 오입질하면서?"

"말이면 단 줄 알아!"

"너나 닥쳐! 뭐 잘한 게 있다고 그 입을 놀려!"

"억울해서 그런다, 억울해서! 식구들 먹여 살리느라고 뼈 빠지게 일했다. 내가 돈을 부족하게 벌어다 줬냐, 남편 구실을 못했냐, 아빠 노릇을 못했냐. 이만한 가장이면 그깟 것쯤 해도 되는 거 아냐? 야, 내가 이 나이에 내 돈으로 나 하고 싶은 것도 못 하고 사냐 그럼!"

"그래, 잘하셨다고. 그러니까 여기저기 소문내보자고!"

끝나지 않는 싸움은 매일 반복되었다. 나와 남편은 시도 때도 없이 패거리의 전화에 시달렸고, 남편은 그들로부터 투서를 넣겠다는 협박도 무시로 받는 것 같았다. 음식을 제대로 넘기질 못하고, 혈압약의 용량이 늘고, 하루가 다르게 머리가 휑해지고 있었다. 그래도 한참 멀었다. 피가 바짝 마르도록, 뼈가 앙상하게 드러나도록, 낯가죽이 새카 맣게 타들어가도록, 더 오랫동안 고통을 받아야 했다. 그 어떤 지경에 이르러도 남편이 범한 여자아이들의 참혹함에 비할 수 없었다. 타국의 여자아이들이 겪었을 처참함에 비한다면.

하루하루 주저앉는 남편을 바라보는 것이 결코 통쾌하거나 신나지 않았다. 나날이 절망하는 남편을 외면하지 않고 똑똑히 지켜보는 곤란함은 전적으로 내 몫이었다. 그럴수록 나는 일부러 남편에게 달려들었다. 나는 남편이 더욱 혹독하게 아파야 한다고 생각했다. 더욱 비참해지고 더욱 처절하게 후회하도록 만들고 싶었다. 싸우다 지쳐 소강상태처럼 고요해지면 남편은 나지막이 토로하곤 했다.

"그래, 다 내 잘못이지. 당신 속인 거 잘못했어. 그래도 당신이 이럴 줄은 몰랐다. 이렇게 풀어선 안 될 문제였어. 솔직히 난 아직도 억울해. 예전부터 말했잖아. 남자는 다 그렇다고. 내 잘못이 아니라니까. 남자로 태어난 게 죄는 아니잖아."

정신을 차리려면 아직도 먼 인간이었다.

"따져보면 내가 강간이라도 했냐? 돈 다 내고 했어요. 제값 다 치렀다고요. 근데 대체 뭐가 잘못인 거냐? 응?"

쓸데없는 말을 주절거리면 차라리 집을 나섰다. 입었던 차림 그대로 덜렁 자동차 키만 들고 나갔다 들어오면 숨이 좀 쉬어지는 것 같았다. 사람만 치지 않는다면 차가 긁히든, 찌그러지든, 나는 아무렇게나 돌아다녔다. 혼자 그렇게 차를 몰다 보니 운전 실력은 늘었고, 더 이상 운전 선생이 필요치 않았다. 혹여, 운전 선생을 떠올리기라도 하면 내 손등을 물어버리곤 했다.

정신과는 늘 사람이 많은 편이어서 예약을 하지 않으면 4, 50분은 기다려야 차례가 되었다. 대기실에는 노인들이 제일 많았고, 내 또래의 여자들, 교복을 입은 학생들과 어린이를 데리고 온 부모, 아기 띠를 멘 젊은 엄마들도 제법 많았다. 언제나 이렇게 사람이 많다는 사실이 매번 놀라웠다. 제정신으로 살기 힘든 게 요즘 세상인 모양이었다. 대기실의 사람들을 훑어보았다. 누군가는 불안증으로, 공황장애로, 조울증이나 치매 혹은 산후우울증이나 소아우울증, 학교 폭력의 의무적인 상담일 수도 있었다. 다들 저마다의 사연이 있겠거니 싶으면 쓸쓸한 마음이 들었다.

나는 보름에서 일주일로 간격을 줄여 진료를 받고 있었다. 나아질 기미가 없는지 약은 자꾸 더 늘어갔다. 망가져가는 남편을 바라보기 위해서라도 정신을 붙들어야 했다. 마음의 동요 없이 현실을 받아들이려면 내 의지나 다짐만으로는 불가능했다. 더 많이 먹든, 더 자주 먹든, 해결 방법만 있다면 마다하지 않았다.

복도에는 마크 로스코의 그림 네 점이 균형을 맞춰 걸려 있고, 군데군데 금연 교실 홍보 포스터와 청소년 자살 예방 안내문, 병원이 소유하고 있는 뇌파 치료기 홍보 유인물도 붙어 있었다. 가사가 없는 음악이 낮게 흘렀다. 나는 천천히 복도를 서성이다 책장 앞으로 다가갔다. 심리학이나 우울증에 관한 책, 감성 에세이가 주를 이루고, 자기계발서도 종종 눈에 띄었다. 책장에 꽂힌 책을 주르르 훑다가 관심 있는 책이라도 발견한 듯 고개를 내밀며 책장 앞으로 바짝 붙어 섰다. 지난번에 훔쳤던 시집을 가방에서 꺼내 모서리를 접어둔 페이지를 다시 펼쳐 들었다. 부부란…… 거미줄인지 쇠사슬인지…… 묶여 있는 것만은 확실하다고 느끼며 오도 가도 못한 채…… 그런 사이이다. 그런 사이이다.

112

마지막 문구를 혼자 따라 읽어보며 시집을 제자리에 다시 꽂았다. 나를 쳐다보는 사람은 아무도 없었다.

앉고 보니 옆자리의 젊은 여자가 울고 있었다. 얼마나 울었는지 하늘색 리넨 원피스 무릎 자락에 동그란 눈물 자국들이 잔뜩 번져 있었다. 나도 모르게 젊은 여자에게 티슈를 내밀었다. 종종 가던 브런치 카페 이름이 적힌 재생용지 티슈였다. 하염없이 울던 젊은 여자가 얼결에 받아 쥐었다.

"윤선혜 님, 들어가실게요."

안내를 받아 진료실로 들어가는데, 티슈를 받아 든 여자와 눈이 마주쳤다. 당신만 그런 게 아니라 세상 모든 것이, 세상 모두가 다 엉망이라는 걸 나는 그 젊은 여자에게 속삭여주고 싶었다.

병원을 나와 집으로 걸어가는데 오늘은 또 어떻게 남편과 싸워야 할지 막막했다. 어떻게든 그악스럽게 남편에게 덤벼들 거라고, 지치지 않고 남편을 계속 괴롭히겠다고 생각하는데 전화벨이 울렸다. 딸아이였다. 나는 걸음을 멈추고 울리는 핸드폰을 내려다봤다. 한여름 햇볕이 정수리를 호되게 후려쳤다.

* 문정희, 「부부」, 『다산의 처녀』, 민음사, 2010.

미아

※ 이 검사는 우울 정도를 나타내는 자가 측정 검사입니다. 여러분의 증상을 파악하고 자료를 결정하는 데 큰 도움이 되는 검사이므로 신경 써서 임해주시면 감사하겠습니다.

　다음 줄에는 해당 질문에 0부터 3까지 점수를 매기라고 씌어져 있었다. 그러니까 0은 전혀 그렇지 않다, 1은 조금 그렇다, 2는 보통으로 그렇다, 맨 마지막인 3은 대단히 그렇다,였다. 소영은 주로 대단히 그렇다,에 동그라미 표시를 했다.

　나는 마음이 차분하다. 나는 마음이 든든하다. 나는 긴장되어 있다. 나는 후회스럽고 서운하다. 나는 마음이 편하다. 나는 당황해서 어찌할 바를 모르겠다. 나는 앞으로 불행이 닥칠까 걱정하고 있다. 나는 마음이 놓인다. 나는 불안하다. 나는 편안하게 느낀다. 나는 자신감이 있다. 나는 짜증스럽다. 나는 마음이 조마조마하다. 나는 극도로 긴장되어 있다. 내 마음은 긴장이 풀려 푸근하다. 나는 만족스럽다. 나는 걱정하고 있다. 나는 흥분되어 어쩔 줄 모른다. 나는 즐겁다. 나는 기분이 좋다.

우울 척도 검사의 총점을 매겨보니 53점이었다. 다음 장에는 상태 불안 척도 검사표가 그려져 있었다. 방법은 앞 장과 같았다. 다만 바로 지금 이 순간에 느끼고 있는 상태를 알아보는 검사였다.

※ 다음 문장들은 사람들이 자신을 표현하는 데 사용되는 것들입니다. 각 문장을 잘 읽으시고 오른편에 있는 네 개의 항목 중에서 당신이 요즘 느끼고 있는 상태를 가장 잘 나타내주는 문항 하나에 동그라미를 해주십시오.

	질문 사항	전혀 그렇지 않다	조금 그렇다	보통으로 그렇다	대단히 그렇다
1	슬프다	0	1	2	3
2	앞날에 대한 기대가 없다	0	1	2	3
3	실패했다고 생각한다	0	1	2	3
4	일상생활에 만족하지 못한다	0	1	2	3
5	뭐든 내 잘못인 것 같다	0	1	2	3
6	지금 벌을 받고 있다고 생각한다	0	1	2	3
7	나 자신에게 실망하고 있다	0	1	2	3
8	일어나는 많은 일이 내 탓인 것 같다	0	1	2	3
9	자살에 대해 생각한다	0	1	2	3
10	요즘 자주 운다	0	1	2	3
11	요즘 나는 짜증스럽다	0	1	2	3
12	다른 사람들에 대한 관심이 줄었다	0	1	2	3
13	뭐든 결정을 내리기가 어렵다	0	1	2	3
14	요즘 내 매력이 떨어진 것 같다	0	1	2	3
15	전처럼 일하기가 어렵다	0	1	2	3
16	잠을 이루기 힘들다	0	1	2	3
17	요즘 피곤하다	0	1	2	3
18	식욕이 줄었다	0	1	2	3
19	체중이 줄었다	0	1	2	3
20	건강에 대해 염려하고 있다	0	1	2	3
21	성이나 이성에 관한 관심이 줄었다	0	1	2	3

미아

얼추 계산해보니 족히 50점은 넘는 것 같았다. 수학 시험 검토하듯이 1번부터 마지막 번호까지 한 번 더 훑고서야 간호사에게 제출했다. 창문으로 여과 없이 쏟아지는 한여름 햇빛이 눈이 아플 정도로 부셨다. 소영은 자기도 모르게 두 눈을 감고 그 자리에 잠깐 서 있었다. 이 순간이 아주 오랫동안 정지되면 좋을 것 같았다.

"박소영 님, 진료실로 들어가시겠습니다."

진료실에서 나오는 사십대로 보이는 여자는 울었는지 두 눈이 퉁퉁 부은 채 소영의 옆을 스쳐 갔다. 소영은 그 여자를 한 번 뒤돌아보고, 숨을 크게 내쉰 다음 진료실로 들어갔다.

*

"대체 왜 이러는 거니."

도현은 미간을 찌푸리고 한숨을 뱉은 다음 천천히 말을 이었다. 지금 짜증이 나 있는 것을 최대한 숨기기 위해 노력 중이라는 도현만의 표현이었다. 도현은 나흘 치가 쌓인 설거지통을 내려다보면서 엄지손가락으로 관자놀이를 꾹꾹 눌러댔다. 발치에는 더러운 물걸레가 바짝 말라 구겨져

120

있고 싱크대 끝과 마주한 세탁실 문 앞에는 넘치다 못해 바닥까지 흘러내린 옷가지가 수북했다. 세탁기를 돌린 게 일주일 전이었던가. 일주일 치만큼의 겉옷과 속옷이 색깔 구분 없이 마구 엉켜 있었다.

"소영아."

도현은 나지막하게 이름을 불렀다. 소영은 대답을 하지 않고 입가의 과자 부스러기를 털었다.

"소영!"

도현의 목소리가 조금 커졌다. 소영은 과자 그릇을 슬그머니 바닥에 내려놓았다. 그리고 끌어안았던 담요에 흘린 과자 부스러기를 쓸어 담으며 자세를 고쳐 앉았다. 이미 빈 과자 봉지들이 바닥에 제멋대로 굴러다니고 있었다. 이제까지의 도현이라면 이렇게 과자만 먹으니 밥을 안 먹지……라며 안타까워하고 먼저 쓰레기부터 치웠을 텐데, 이상하게 그날은 달랐다.

"박소영, 또 하루 종일 과자만 먹었지?"

소영은 도현을 쳐다보지 않은 채 고개를 끄덕였다. 도현이 출근하고 난 오전부터 먹은 것을 세보면 족히 스무 봉지는 넘었다. 입안이 다 벗겨지고 헐어 쓰라린 것이 그제야 느껴졌다.

"하아, 정말!"

도현이 한숨을 내쉬며 침실로 들어갔다. 소영은 마치 아빠에게 혼이 나는 것 같았다.

집 안을 둘러보았다. 암막 커튼으로 닫힌 거실은 낮인지 밤인지 구분이 안 될 정도로 컴컴했고 소영은 담요를 둘둘 말아 감싸 안은 채 소파에 쭈그려 앉아 있었다. 7월이었는데도 더운 줄 몰랐다. 마침 텔레비전에서 보던 영화의 엔딩 크레디트가 오르고 있었다. 이 영화만 보고 일어서려고 했는데. 정말 이 영화만 보고선 설거지도 하고 세탁기도 돌리고 쌀도 안치고, 무엇보다도 빈 과자 봉지를 치우려 했는데…… 그렇게 흔적을 남기고 싶지 않았는데, 늘 마음뿐이었다.

알고 있다. 도현은 다른 때보다 한 시간이나 늦게 퇴근했으며, 그 한 시간이면 해야 할 일들을 다 하고도 남았다. 텔레비전을 끄니 집 안은 깜깜했다. 맞다. 소영은 하루 종일 과자를 먹으며 여섯 편의 영화를 봤다. 그것이 오늘 소영이 한 일의 전부였다. 잘 알고 있다. 이렇게 지내온 지 두 달이 넘었으며, 도현은 이제야 소영에게 자기 스스로를 돌아보라고 지적하는 것이었다. 도현이 참을 만큼 참았다는 걸 소영이라고 모를 리 없었다.

실내복으로 갈아입고 나온 도현은 식탁 위에 가지런히 책을 올려두고 설거지통에 들어가지 않은, 겨우 한 개 남은 냄비를 용케 찾아 라면 물을 올렸다. 도현의 저녁은 두 달여 동안 거의 라면 아니면 회식이었다.

"먹을래?"

　과자로 꽉 찬 속은 진작 느글거렸고 식탁 위에 쌓인 책들의 제목을 훑어보니 뭘 먹을 수가 없었다. 소영은 고개를 가로젓고 일어섰다.

　『우울의 심리학』『우울할 땐 뇌 과학』『정신병동 이야기』『우울증 탈출』『나의 우울증을 떠나보내며』『고마워, 우울증』『우울한 거지 불행한 게 아니에요』『죽고 싶지만 떡볶이는 먹고 싶어』『나, 지금 이대로 괜찮은 사람』. 제목만 보고도 소영 때문에 사 온 책이라는 것을 알 수 있었다. 소영은 도현이 자기를 그저 게으른 여자로 여기지 않는다는 데에 안도했지만 자신을 함부로 우울증 환자라고 확신하는 것도 못마땅했다. 소영이 왜 이렇게 되었는지 도현은 묻지 않았다. 대화조차 하지 않았다. 그저 도현 혼자 소영을 우울증 환자로 확정한 것이었다. 차라리 게으른 여자가 나은 걸까, 병에 걸린 사람이 되는 게 나을까. 후루룩 소리를 내면서 라면을 먹는 도현이 맨 위의 책을 꺼내 훑어보기 시작했다.

후루룩, 후루루룩 면을 들이키는 소리가 영 거슬렸다. 책장이 팔랑 가볍게 넘어가는 소리에 괜히 짜증이 났다. 팔랑, 팔랑, 팔랑. 그 가벼운 소리가 마치 소영에게 들으라는 듯 일부러 내는 소리처럼 들려 화가 났다. 김이 펄펄 나는 저 라면 냄비를 홀딱 엎어버리고 싶었다. 소영은 벌떡 일어났다. 정말 그럴까 봐 얼른 욕실로 들어섰다.

이틀 만에 양치질을 했더니 뱉은 물에 벌건 피가 섞여 있었다. 내친김에 세수도 했다. 물이 뚝뚝 떨어지는 얼굴을 보곤 흠칫 놀랐다. 풍선처럼 부푼 얼굴, 기름기에 떡 진 머리칼과 검은 눈가. 소영은 입고 있던 티셔츠에 코를 박고 냄새를 맡았다. 비린 살내와 며칠 동안 갈아입지 않은 팬티에서 나는 퀴퀴한 냄새 때문에 비위가 상했다. 왜 이 지경이 된 것일까. 언제부터 이랬던 건가. 모르겠다. 소영은 자기에게 이런 일이 왜 벌어졌는지 몰라 당혹스러운 데다 울화가 나고, 가슴이 답답했다.

*

"요즘 많이 힘드셨나 봐요."

의사는 좀 전에 소영이 체크했던 검사지를 훑으며 물었다. 소영은 잠시 생각했다. 어디까지 말해야 되는 걸까. 문득 의지박약과 오랜 게으름을 도현이 유난하게 받아들이고 있는 건 아닌지 의문이 들기도 했다. 병원 가서 검사 한 번 받자고 먼저 말한 건 도현이었다. 소영은 그 정도는 아니지 않느냐고, 마음만 먹으면 멀쩡해질 수 있다고 말하려다가 입을 다물었다. 그 말을 밖으로 내뱉는 순간 자기가 지금 멀쩡하지 않다는 걸 스스로 인정해버리는 셈이었다. 분명히 소영도 전 같지 않다는 사실을 부인할 수 없었다. 스스로 이상해졌다는 것을 인정한다는 점에서 의사에게 거짓말을 하거나 자기를 감출 필요가 없었다. 그래도 쉽게 입이 떨어지지 않았다.

"천천히 말하셔도 돼요."

도현은 소영이 두 달 동안 집에서 영화만 봤다는 것과 하루 종일 과자만 먹는다는 걸 말하라 했다. 씻지 않고 지내는 것, 말수가 줄어든 것, 표정이 사라지고, 깜박깜박 잊어버리는 일이 잦아진 점, 외출을 꺼리고, 급작스럽게 살이 많이 찐 것. 해야 할 집안일을 외면하고 산다는 것도. 그리고 혹시라도 자기에게 말하지 못하는 것이 있다면 의사 앞에서만은 편하게 터놓으라고 했다. 소영은 그런 건 없다고 했지만, 도현은 어쨌든!이라며 단호하게 말했다. 그런 현상이 드러나게 된 원인이 무엇인지는 궁금해하지 않았다.

푸른 줄무늬 셔츠에 흰 가운을 입은 의사는 소영을 빤히 쳐다봤다. 대기실에 앉아 있는 다른 사람들이 떠올랐다. 시간을 너무 많이 끌면 안 될 것 같아 초조해졌다. 어서 말문을 열어야겠단 생각만 들었다. 무슨 말부터 해야 하는 걸까. 의사와 마주 앉은 테이블에 놓인 갑 티슈와 벽시계를 번갈아 쳐다봤다. 의사가 먼저 물었다.

"요즘 무슨 일 있으셨어요? 검사 결과를 보니 심한 우울증 상태네요. 스트레스 지수나 불안감도 아주 높게 나왔고요."

소영은 곰곰이 생각했다. 도현이 솔직히 대답해야 한다고 말했다.

"그냥…… 아무것도 하기 싫어요. 손 하나 까딱하기 싫어요. 그런데 해야 할 것이 너무 많아서 짜증이 나요. 나만 이렇게 사는 것 같아 억울해요. 이런 것에 불만을 가져야 한다는 사실도 모멸스러워요. 내가 이러려고…… 아니에요."

"맞아요, 힘들죠. 현재 상황을 유추해보니 더욱 그러실 것 같네요."

사십대 중반쯤 되었을까. 눈이 유난히 동그란 얼굴에 왼

쪽 윗니 하나가 덧니여서 전체적으로 귀여워 보이는 인상
이었다.

"저한테 문제가 생겼는데 원인도 해결 방법도 모르겠어
요. 다만, 그저, 그냥 다 잃어버린 것 같아요. 그러니까 이
게 무슨 말이냐면……"

"편하게 말하세요."

잠시의 침묵도 기다리지 못하는 사람이라는 느낌이 들
었다. 그러면서 말로는 천천히, 편하게 말하라 했다.

"솔직히 말하면요……"

"네."

의사는 소영에게 눈을 떼자마자 두 손은 자판에 올려놓
고 모니터를 쳐다보면서 소영의 말을 받아 적을 자세를 취
했다. 순식간의 일이었다. 그래. 여긴 병원이었다. 의사에
게 증상을 정확히 말하면 그에 맞는 치료법에 따라 처방전
이 내려질 테고, 받은 약을 먹고 치료하면 될 일이었다. 소
영은 도현이 예상도 못할, 도현이 알 리가 없는 것부터 말
했다.

"옛날 기억이 하나도 안 나요."

"옛날 기억이라면?"

"설레거나 신났던 일들, 행복하고 기뻤던 것들이 하나도

기억이 안 나요. 제가 무엇을 좋아했는지도요. 심지어 제 취향이 어땠는지도 까맣게 잊어버렸어요. 전혀 기억이 안 나요."

"아, 그렇군요. 다른 감정을 느끼신 건요?"

"싫었던 일, 후회되는 일만 떠올라요. 남편에게 서운했던 일이나, 부모님에게 섭섭했던 일들, 친구들과의 다툼, 인간관계의 어려움, 사회생활에서의 실수, 오해 같은 것들만 점점 더 또렷하게 기억나요. 그동안 한 번도 떠올려보거나 절대 인식하지 못했던 것들인데. 그래서 억울하고 화가 나요. 나를 힘들게 했던 사람들이 이제야 노여워요. 그때 제대로 말하지 못하고 대응하지 못한 내 자신이 환멸스러워서 분노가 치밀어요. 그리고 매일 머리가 터질 것처럼 아파요."

"아, 억울해서 화가 난다, 노엽다, 환멸과 분노, 그리고 두통."

타다다닥, 타닥, 타탁, 다다탁. 자판 두드리는 소리가 너무 경쾌해서 불쾌했다.

"두 달 동안 영화를 한 4백 편 봤어요."

"4백 편이요? 그게 가능한가요?"

"하루에 서너 시간만 자면 6백 편도 볼 수 있어요."

"잠도 잘 못 주무시겠군요, 영화를 그 정도로 본다면……"

"몰아서 자요. 폭식하듯이 폭면? 그런 말이 있는지 모르겠지만요."

"왜 그렇게 영화만 보세요? 특별한 이유라도?"

"회피겠죠."

의사는 회피,라는 단어를 받아 적을 것이었다. 무엇으로부터의 회피냐고 묻는다면, 지금 나 자신으로부터라고, 지긋지긋한 일상과 변하지 않는 하루하루라고 답을 할 생각이었는데, 그 질문은 하지 않았다.

"식사는 어때요?"

"아무것도 하기 싫으니까 밥하는 것도 귀찮아요. 근데 배는 고프니까 쉽게 배달 음식이나 과자나 빵…… 살도 많이 쪘어요. 두 달 사이에 10킬로그램이 넘게."

소영은 자세를 바꾸는 척하며 가슴과 배 사이에 껴버린 티셔츠를 빼냈다.

"아무것도 하기 싫다고 하셨는데, 그렇게 될 즈음 무슨 일이라도 있었나요?"

"이사를 했어요. 엄청 힘들었어요. 스트레스도 어마어마했고요. 그게 기폭제가 됐을 거라고 생각하고 있어요."

소영은 빠르고 단호하게 대답했다. 의사가 고개를 끄덕

였다. 이야기가 대략 마무리되어가고 있다는 직감이 들었다. 소영은 자기에 대해 더 많은 정보를 주고 싶었다. 잊었다는 듯이 서둘러 덧붙였다.

"이유는 잘 모르겠는데 오후 3, 4시만 되면 마음이 가장 힘들어요. 어떻게 설명해야 할지 모르겠는데 안개가 짙게 가라앉고 그 안개 위에 발을 디디고 싶은 생각? 그렇게 죽어도 괜찮겠다는 생각에 시달릴 때가 많아요."

*

1960년대에는 노르에피네프린norepinephrine이라는 신경전달물질이 너무 적으면 우울증이 발생한다고 생각했다. 그러다 몇 년 후에는 세로토닌 결핍이 우울증을 유발한다는 설로 바뀌었다. 지금 우리는 우울증이 훨씬 더 복잡한 문제라는 걸 안다. 세로토닌과 노르에피네프린이 관련된 것은 분명하지만, 도파민을 비롯한 다른 신경화학물질들도 관련돼 있다.

아주 다양한 신경전달물질계가 우울증에 영향을 미치고 영향을 받는다.[1]

소영은 도현이 사놓은 책을 하나씩 읽어나갔다. 군데군데 북마크까지 한 걸 보면 꼼꼼히 읽는 모양이었다. 도현이 밑줄을 그은 곳은 주로 과학적인 근거가 입증된 자료이거나, 뇌 신경이 우울증에 미치는 영향에 관한 것들이었다. 그러나 소영이 눈여겨본 문장은 조금 달랐다.

심각한 우울증이 지닌 최악의 문제점은 철저한 외로움이다. 이 세상 살아 있는 모든 것으로부터 철저하게 소외되었다는 절박한 느낌 말이다.

[……]

우울증은 너무나 절박한 경험이어서 우리는 스스로에게 삶과 죽음, 그리고 인생 경험에 대한 본질적인 의문을 던지게 된다.

[……]

나는 사랑받을 자격이 없다고 믿었으며, 내 모든 고통이 나의 잘못이라고 받아들였기 때문이다. 나는 죄책감과 모멸감으로 괴로웠고, 아무런 희망도 찾을 수 없었다. 나는 나 자신을 어리석고 아무짝에도 쓸모없는 비열한 인간이라고 생각했다.

사람들이 나를 비웃는 것처럼 보였으며, 그것이 너무

나 두려웠다. 나는 나 자신이 전혀 가치가 없다고 느꼈으며, 한밤중에 나를 엄습해 오는 두려움 때문에 내 마음은 불구가 된 느낌이었다.

무엇보다 견딜 수 없었던 것은 너무나 외로웠다는 것이다.[2]

다 맞는 말이었다. 다만 같은 내용을 읽었어도 도현이 얼마나 소영에게 공감하고 있는지는 모를 일이었다. 의사에게 말한 대로 기폭제가 된 사건은 이사가 분명했다. 평생 살아온 도시를 떠나 중부지방 신도시로의 이사는 엄청난 스트레스가 되었다.

결혼을 하고 두 해 동안은 주말부부로 지냈다. 도현이 다니던 기관이 지방 신도시로 이전을 한 탓이었다. 그사이 특별 공급으로 청약을 받은 아파트가 완공되었고, 안 올 것 같던 입주 날짜가 코앞으로 닥치자 소영은 덜컥 겁이 났다. 친정 부모님과 여동생이 마치 영영 이별하는 사람들마냥 자꾸 울어서 마음이 편치 않았다. 휴직원을 제출하고 이사를 마쳤다. 평수가 넓은 새 아파트는 좋았다. 원래 새것들은 모두 반짝이고 깨끗하니까. 그러나 이삿짐을 풀어 제자리에 들여놓고, 가전제품을 다시 사고, 실내 인테리어에 공을 들이는 일들을 모두 다 소영 혼자 해야 했다. 처리할 서류들, 세금 문제, 하자 보수 문제 등 모두 집에만 있는 소영이 해결해야 하는 일이었다. 소영이 낯선 거리를 헤매고 낯선 공기 속에서 이방인의 눈빛으로 두리번거릴 때 도현은 늘 출근하던 시간에, 늘 출근하는 사무실로, 늘 출근하는 사람들을 만나며, 늘 지내던 대로 지냈다.

지방직이었던 소영이 복직에 보장이 없는데도 휴직을 한 이유는 아이 때문이었다. 서른둘, 서른다섯에 결혼한 소영과 도현은 아기를 갖기에 늦은 나이 같아서 조바심이 났다. 결혼을 하자마자 임신을 준비했지만 남들에게 쉬운 일이 소영에겐 더없이 어려운 일이었고, 아이는 좀처럼 들어서지 않았다. 그래서 주말부부를 그만둬야겠다는 결심을 쉽게 내릴 수 있었다. 주말부부를 할 때는 없는 시간을 쪼개 난임 클리닉이라도 다녔는데, 이사를 기점으로 아이는 어느새 서로 입에 올리지 않는 화제가 되었다. 결혼하면 아이를 낳아야 한다고 가르친 건 누구일까. 소영의 의문은 무의미했고, 생각을 바꾸면 쉬운 문제가 누군가에게는 세계의 틀을 부수어버릴 정도로 커다란 파장을 감수해야 하는 일이라는 것만 명확해졌다. 소영과 도현은 아이를 갖지 말자는 합의를 하지 않았다는 이유로 아이를 낳아야만 하는 부부가 되었고, 그마저도 여의치 않자 아이를 못 가지는 부부가 돼버렸다. 적극적인 어떤 의지가 없었다는 것만으로도 세상은 너무 쉽게 소영을 문제적 인간으로 간주했다.

40만 명이 안 되는 인구, 전국에서 평균연령이 가장 낮고, 정부 기관들이 많아도 투표 결과는 늘 진보 쪽으로 기우는, 출생률이 가장 높은 도시. 그러나 서른다섯, 서른여덟이 되어도 소영과 도현에겐 아이가 없었다. 도현은 두 해만 지나면 마흔이 된다. 더불어 소영의 복직은 요원해 보였다. 복직을 하려면 도시 바깥의 군 지역으로 가야 했다. 그건 다시 주말부부를 해야 한다는 뜻이었고, 그럼 이사의 의미가 없어졌다. 그사이 도현은 회사에서 다면 심사를 통과했고 소영은 집에 들어앉아버린 여자가 되었다. 무언가 새로 시작하기엔 너무 늦은 건 아닌지 불안했고, 곧 사십대가 된다는 사실에 뒤처지는 기분이 들어 곧잘 서글펐다. 자기만 어리숙하고 자기만 바보가 된 기분에 휩싸였다.

무엇보다도 도현과 제대로 살아보는 것이 처음인 데서 오는 피로감이 컸다. 약 1년 정도의 연애, 결혼 후 주말부부로 2년을 지냈다. 주말부부로 지낼 때는 연애의 연장선일 뿐이었다. 그러나 이 도시에서는 함께 살고 있었다. 타인과 함께 살아간다는 건 생각보다 쉬운 일이 아니었다. 매일 한 침대에서 같이 자는 것이 불편했고, 내 배 안 고파도 끼니를 차려야 하는 일은 번거로웠으며, 식자재를 구입하고 다듬고 보관하고 적절히 활용하는 일은 서투르기만 했다. 끙끙 소리를 내며 창틀을 닦거나 무릎을 꿇고 변기 틈 안쪽까지 닦다 보면 사람의 살이란 게 뭐 이리 구차한가 싶기도 했다. 도현은 자기가 바깥일을 하므로 집안일은 소영의 몫이라고 말하곤 했다. 그래도 힘들면 이야기하라고, 그땐 도와주겠다고 했다. 선심 쓰듯 돕겠다고 한 말은 역할 분담을 더욱 공고히 하는 선언처럼 들렸다. 사랑하는 사람과 떨어지기 싫어서 한 결혼이었는데 어쩐지 혼자가 아니라는 것이 점점 더 거추장스러워졌다.

결국 일을 해오던 소영이 하루 종일 집에만 있게 되면서 생긴 문제일 터였다. 분기별 결원이 없으니 복직은 여의치 않아 보였다. 다른 일이라도 해볼까 구직 사이트를 뒤적이면 도현은 굳이 일을 할 이유가 있느냐고 되물었다. 자기 벌이로 둘이 사는 데에 충분하다며 도현은 덧붙였다.

"우린 욕심내지 말고 살자."

그러니 매일 같이 잠이 들고, 같이 일어나고, 같이 끼니를 해결하고, 같이 텔레비전을 보고, 주말엔 같이 맛집을 찾아 드라이브를 나가는 것이 일상의 전부가 됐다. 그것이 행복하지 않았다. 도현과 함께 있을 때에나 자기 목소리라도 들을 수 있었다. 그러나 그것도 잠시, 소영은 온종일 입을 꾹 다물고 살아야 했고, 익숙해지지 않는 살림이 전혀 즐겁지 않았으며, 시간이 지날수록 도현과 공유할 수 없는 것들이 늘어갔다. 대화의 화제가 점점 줄어들어 같이 있어도 집 안은 적막하기만 했다. 이 도시에 아는 사람이 남편밖에는 없다는 사실에 소영은 곧잘 아득해지곤 했다.

*

낯선 도시로의 이사가 기폭제가 되었다는 대답에 의사는 끄덕이며 동의를 해주었다.

"기억이 잘 안 나는 것도 흔한 우울증 증상 중에 하나입니다. 그건 몸이 좀 나아지면 되돌아올 거니까 걱정 안 하셔도 되고. 아무것도 하기 싫다, 이건 에너지가 부족해선데. 그러니까 자꾸 늘어지고 누워 있고 싶고 손가락 하나 까딱하기 싫은 상태가 되는 거죠. 우울증의 전형이에요, 모두."

우울증입니다,라는 말은 감기입니다, 알레르기 비염이

136

네요, 인대가 늘어났어요, 시력이 더 떨어졌군요, 식도염입니다,와 다를 바 없이 들렸다. 물론 우울증은 마음의 감기라고, 누구에게든 찾아오는 병이라는 것쯤은 알고 있었다. 소영은 그동안 스스로를 통제하지 못한 채 자기 상태를 방치하여 삶의 두려움을 가졌던 시간이 이렇게 쉽게 입증된다는 것이 서글펐다.

"그럼 이제 어떻게 해야 되죠?"

의사는 어린애를 다루는 사람처럼 빙그레 웃고는 모니터를 향해 앉으며 말을 이었다.

"약을 먹어가면서 상태를 지켜봅시다."

"얼마나요?"

"두고 봐야겠죠?"

"약은 무슨 약인가요? 중독성이 있는 건가요?"

그제야 의사가 다시 소영을 쳐다봤다.

"일단 늘어지고 아무것도 못한다는 건 에너지가 없다는 뜻이라고 했죠? 그 에너지부터 올리는 약과 항우울제 정도입니다. 당연히 중독성은 없고요."

"에너지요?"

"일상생활은 하셔야 할 거 아니에요. 밥이든 빨래든 뭐든. 한번에 다 해결되진 않을 겁니다만 일주일씩 먹어보고 얼마나 변화가 있는지 체크해보면 되겠죠? 참 잠도 잘 못 주무신다고 했으니까……"

밤새 영화를 보다 도현이 출근하고 나면 곧바로 잠이 들었고 정오 즈음 일어나 다시 영화를 보기 시작했다. 영화를 본다고 해도 그저 멍한 상태로 깨어 있는 정도였다. 제목이나 줄거리, 내용이 마구 엉켜 인상 깊게 남은 영화는 한 편도 없었다. 그런데도 소영은 계속 보고, 보고, 보기를 멈추지 못했다. 한 달에 영화 2백여 편씩 보는 사람인데 잠을 잘 잔다고 할 수 있겠나. 의사는 속기사처럼 소영이 말하는 걸 다 적듯이 자판을 두들겼다.

소영은 무지했다. 영화에서 보던 대로 의사가 질문하면 침대나 푹신한 소파에 파묻혀 천천히 대답하는 것이 정신과의 치료법인 줄 알았다. 무의식까지 건드리는 시간을 통해 의사에게 지금의 자신을 알리고, 근본적인 문제까지 천천히 소급해가는 치료인 줄 알았던 것이다. 적어도 마음이 아픈 것이니, 마음을 쓰다듬어줄 줄 알았다.

"일단 일주일 먹어보고, 상태 다시 확인하죠. 처방전 받아 가시면 됩니다."

50여 분을 기다려 들어간 진료실이었는데 5분도 안 되어 나왔다.

티아본정, 환인클로나제팜정, 산도스에스시탈로프람정,이라고 적힌 처방전에는 만성질환 관리료와 지지요법인 개인 정신 치료에 대한 것도 적혀 있었다. 집으로 돌아가는 차 안, 도현은 이미 결과를 다 알고 있다는 듯이 소영에게 아무것도 묻지 않았다. 그래서 소영은 핸드폰으로 처방전에 적힌 약 이름들을 검색했다. 주로 우울증과 공황장애, 발작이나 범불안장애나 강박장애 치료제였다. 도현은 끝까지 입을 꾹 다물고 앞만 보며 운전을 했다.

다음 주에는 티아본정과 환인클로나제팜정은 빠지고 에드파정이, 그다음 주에는 애드피온서방정, 명인트라조돈염산염정 등이 추가되었다. 여하튼 소영에게는 차도를 보이는 점과 여전히 나아지지 않는 증상이 공존했다. 약을 먹게 되면서 밤에 잠을 잘 수 있었고 영화 보기를 줄여도 하루하루 흐르는 시간을 버틸 만했다. 씻는 것도 가능했다. 그러나 여전히 담요 밖으로 나서는 일은 쉽지 않았고, 다른 집안일보다 설거지만큼은 변화 없이 계속 쌓였다. 불쑥불쑥 튀어나오는 짜증이나 분노, 괜한 억울함이나 서글픔도 쉽게 사라지지 않았다.

때때로 우리는 내가 할 수 있는 게 없다는 사실을 깨

닿는 것이 두려워서 다 내 탓이라고 생각하고 나만 잘하면 될 거라고 주문을 외운다. 문제의 근원이 나 자신이라고 생각하고 비난함으로써 통제감을 얻는 현상이다 (내가 문제니까 나만 잘하면 해결될 거야!).[3]

*

"누구에게 말하진 않았지?"

초록에서 붉은색으로 도시의 색깔이 바뀌고 있었다. 병원에 다닌 지 벌써 한 계절이 지나가고 있었다.

"무슨 뜻이야?"

"그냥…… 사람들이 걱정할까 봐. 장모님은? 처제한텐 말했을 테니 꼭 입단속시키고. 다른 사람들한테는 앞으로 말 안 했으면 좋겠어."

운전하는 도현의 옆모습을 쳐다봤다. 정신과에 가는 날에는 점심시간을 이용해 꼭 자기 회사나 집 부근이 아닌 시 외곽의 병원으로 데려다줬던 이유를 알 것 같았다.

"내가 창피해? 아, 나 때문에 정신과에 들락거려서 창피했구나."

"대답이 왜 그래?"

"그러니까 남들한테 말하지 말라는 거잖아! 아는 사람 없게 조심하라며. 우리 식구들한테까지 비밀로 하라며!"

"곡해하지 마. 사람 말을 왜 네 마음대로 해석해!"

"누가 할 소리! 걱정 마! 아무한테도 말 안 했어! 죽을 때까지 입 닫고 살 테니까! 명도현 마누라가 미친년이라는 소리 안 듣게 할 테니까 걱정 말라고!"

운전대를 잡은 도현의 두 손이 부들부들 떨렸다. 병원 지하 주차장에 소영을 던지듯 내려준 도현은 엔진 소리를 크게 내며 거칠게 출발했다. 소영은 차 뒤꽁무니를 보며 새삼스럽게 도현이 자기와 참 다른 사람이었다는 걸 깨달았다.

내가 상대를 가혹하게 대하는 것도 낮은 자존감 때문이라고 한다. 내가 나를 사랑하지 않는데, 그럼에도 나를 사랑해주는 상대를 이해할 수 없어서 자꾸 강도 높은 실험을 하는 거라고. 이래도 날 사랑해? 이래도? 이래도? 상대가 받아준대도 이해할 수 없게 되고 상대가 포기하고 떠나면 역시나 나를 다 사랑해줄 사람은 없다고 생각하고 괴로워하며 위안한다.

그놈의 자존감 자존감 자존감. 나는 더 이상 비뚤어진

관계를 맺고 싶지 않고, 현재에 만족하지 못하고 과거에 얽매이거나 새로운 관계를 기대하는 것도 지겹다. 하지만 또 그놈의 자존감 때문이라면 난 어떤 방향을 향해 나아가야 할지 모르겠다. 이제 내가 상대를 사랑하는 건지 아닌 건지 구분할 수 없는 지경까지 왔다. 이렇게 길을 모르는 채로 무작정 헤매며 지낼 수 없다고, 너무 괴롭고 힘들다고, 확신 없고 알 수 없고 모든 것이 모호한 내가 지겹다고.[4]

정신과는 늘 사람이 많은 편이어서 예약을 하지 않으면 4, 50분은 기다려야 차례가 되었다. 대기실에는 노인들이 제일 많았고, 소영 또래의 여자들, 교복을 입은 학생들과 어린이를 데리고 온 부모, 아기 띠를 멘 젊은 엄마들도 제법 많았다. 정신과에 언제나 이렇게 사람이 많다는 사실이 놀라웠다. 제정신으로 살기 힘든 게 요즘 세상이라고 하더니 정말 그런 걸까. 대기실의 사람들을 훑어보았다. 누군가는 불안증으로, 공황장애로, 조울증이나 치매 혹은 산후우울증이나 소아우울증, 학교 폭력의 의무적인 상담으로도 여기에 있을 수 있었다. 다들 저마다의 사연이 있겠거니 싶어 괜히 안도가 되었다.

병원 복도에는 마크 로스코의 복제화 네 점이 균형을 맞춰 걸려 있고, 군데군데 금연 교실 홍보 포스터와 청소년 자살 예방 안내문, 병원이 소유하고 있는 뇌파 치료기 홍보 유인물도 붙어 있었다. 그리고 늘 가사가 없는 음악이 낮게 흘렀다.

로스코의 그림 네 점은 빨강·주황의 조화, 노랑·흰색·연갈색의 조화, 분홍·빨강의 조화, 노랑·검정·보라·연두·파랑의 조화로 이뤄진 그림들이었다. 소영은 그 화가가 자살로 죽었다는 걸 알고 있었고, 그의 마지막 작품은 그저 붉은색만 존재하는 그림이라는 것도 알고 있었다. 살아 있을 땐 니체에 심취했다던 마크 로스코. 어쩌면 삶이 죽음으로 완성된다고 믿었을지도 모르겠다. 복도에 걸린 그림 중에서 소영은 가장 안쪽에 걸려 있는 노랑, 검정, 보라, 연두와 파랑으로 채워진 그림을 좋아했다. 다른 그림들보다 색이 많이 쓰이기도 했거니와 각각 색 구분이 명확하기 때문이었다. 로스코의 그림은 각 색깔의 구획이 명확하지 않은 게 특징인데, 이상하게 그 그림만큼은 작정하고 색의 사각형을 꽉꽉 채워 다르게 표현하고 있었다. 그래서였을까. 다른 그림들은 마치 뭉개진 하나의 감정을 나타내는 것이라면 소영이 오래 지켜보던 그림은 마치 각양각색의 감정이 살아 있는 것처럼 보였다. 즐거움과 슬픔, 환희와 비통, 의미와 무의미…… 하염없이 그 그림을 보고 있으면 소영의 이름이 불렸다.

"좀 어떠셨어요?"

"밤낮은 돌아왔어요."

"잘됐네요. 식사는요?"

"불규칙하지만 세끼 중에 한 끼 정도는 밥 먹으려고 애썼어요."

"좋습니다. 활동은요?"

"그건 여전히 힘들어요. 설거지는 계속 밀리고, 침대에서 일어나는 것도 여전히 힘들고요. 그래도 요즘은 잘 씻어요."

"아, 아직도 그렇군요. 그럼 에너지를 더 올릴 수 있는 약으로 좀 바꿔볼게요. 이젠 밤에 주무신다 하셨죠?"

"여하튼 밤엔 자고 낮엔 깨어 있어요."

"오후 3, 4시쯤 힘들다는 건요?"

"그건……"

"좋아요. 그럼 화가 치솟거나 짜증이 나는 거, 분노감이 드는 건 그대로라는 거네요?"

곰곰이 생각해보니 매사 짜증이 깔려 있던 일상이었는

데 그게 좀 사라진 것 같기도 하고, 짜증 나는 일 자체가 없어진 것 같기도 했다. 소영은 자신을 바라보는 일이 수월치 않아 대답을 잘 못하는 부분도 많다는 걸 의사도 얼추 눈치챈 것 같았다. 처방전을 기록하며 지나가는 말처럼 의사가 물었다.

"이번 주에는 영화를 몇 개나 보셨어요?"

"한 여덟 편 정도? 그래도 의식적으로 줄이려고 한 결과예요."

"네, 알아요. 대체로 무슨 영화를 봐요?"

"액션, 스릴러, 수사물? 눈물 짜내는 건 싫어서 드라마는 별로고, 로맨스는 남의 일 같기만 해서 싫어요. 시즌제 범죄 드라마 같은 거 좋아해요."

이런 질문은 사적인 건지, 치료를 위한 질문인지 모호했다. 소영은 얼른 입을 다물었다. 이 사람은 증상에 따라 약을 정해주는 사람이지 마음을 쓰다듬는 사람은 아니기 때문이었다.

여하튼 소영은 밤에 자고 낮에 깨어 있으며 되도록 하루에 두 편 이상의 영화를 보지 않으려 노력했다. 매일 씻고, 대체로 감정을 조용히 유지하는 것에 마음을 쏟았다. 그러자 잊었던 기억들도 어렴풋하게 떠올랐다. 그것이 잃어버린 기억의 전부도 아니고, 좋은 기억이 아닐 때가 더 많았지만, 아무 감정도 느끼지 못할 때에 비하면 정상적인 궤도에 들어왔다고 느낄 만했다. 토스트나 직접 짠 과일 주스로 아침을 차리기도 하고, 도현이 퇴근할 때 현관 앞에서 맞이할 수도 있었다. 약을 먹기 시작한 지 5개월 만의 변화였다. 그사이 소영은 거실의 커튼을 암막 커튼에서 레이스 커튼으로 바꾸었고, 수영을 배우기 시작했다. 실력은 좀처럼 늘지 않아 같이 시작한 다른 회원들이 중급으로 올라가도 소영은 계속 초급에 머물러 있었으나, 그것이 창피하거나 더 열심히 해야겠다는 의지 같은 건 생기지 않았다. 다만 꼬박꼬박 일주일에 두 번씩 수영장에 간다는 것에 의의를 두어도 충분했다.

수영장에 다녀오는 길이면 브런치 카페에 들러 스콘과 오렌지주스를 마시곤 했다. 카페 유리창을 통해 길 건너의 산부인과 건물이 보였다. 서둘러 시선을 거두고 딸기잼을 바른 퍽퍽한 스콘을 우물거리며 카페를 둘러보면 소영처럼 혼자 앉아 커피를 마시거나 스파게티를 먹는 여자들이 보였다. 그들도 자기처럼 목소리를 잃어버린 건 아닐까 괜한 생각을 하다 젖은 머리가 다 마를 즈음이면 일어서곤 했다.

가장 크게 달라진 건 일주일에 한 번씩 가던 병원을 이제는 보름에 한 번씩 간다는 것이었다. 미세하게나마 약도 아주 조금씩 줄고 있었다. 의사 말에 의하면 약에 적응이 되어 효과가 생기면 그 약을 점점 줄여가면서 끊는 거라고 했다. 그러나 여전히 외출 시에는 신경안정제 다섯 알 정도를 비상용으로 들고 다녔다. 불안감이 커지거나, 감당하기 힘든 스트레스가 찾아왔을 때를 대비해서였다. 원하지 않게 솟구치는 감정들로 주변 사람이나 자신을 힘들게 할 필요는 없었다. 생각보다 신경안정제를 먹을 상황이 많았다. 저녁 반찬이 변변치 않아 도현에게 잔소리를 들을까 봐 걱정이 될 때, 죽어도 수영장에 가기 싫어서 덮은 담요의 끝을 물고 있을 때, 기쁜 건지 슬픈 건지 그 감정을 읽어 내지 못하겠다고 의식될 때, 사람들이 많아 복잡한 마트에 가기 전에, 비가 많이 와도, 눈이 많이 와도 안정제를 먹곤 했다. 소영은 통제할 수 없는 스스로가 두려웠고, 모두 자기에게 다가올 불안으로 감지했다.

*

도현이 여행을 가자고 한 건 12월 초였다. 토요일이라

늦어진 점심을 밖에서 먹을 셈이었다. 그 참에 잠깐 병원에 들렀다 가자고 했다. 마침 약이 다 떨어진 탓이었다. 도현은 30여 분 동안 지하 주차장에서 기다리며 핸드폰 게임을 하고 있었고, 소영이 차에 오른 후 20분 정도 더 게임을 하고서야 출발했다. 예전이라면 말도 안 되는 상황이었는데 요즘은 아무렇지 않았다. 마음의 고요만 유지된다면, 감정에 파동만 일으키지 않으면 도현의 배려 없음이나 무례 정도는 참을 수 있었다. 약의 반응인지, 치유가 됐기 때문인지 모르지만, 주변 모든 것에 무심할 수 있었다. 소영은 자신의 감정이 무뎌져서 좋았다. 예민하지 않았고 피곤하지 않았다. 날이 서지 않아 갈등이 생길 일도 없었다. 막상 주말 점심을 먹자고 했지만 둘 다 딱히 먹고 싶은 것이 없어 동네 부근을 뱅뱅 돌고 있을 때였다.

"바람이나 쐬러 갔다 올까? 한참 못 다녔잖아."

퍼뜩, 겨울 속초가 떠올랐다. 남편과 첫 여행지였다. 그때부터 가슴이 뛰기 시작했다. 좋은 감정인지 불안한 감정인지 알아차릴 순 없었다. 볼을 에는 차가운 바람, 얼어버린 물방울이 날리는 파도 앞에 서 있기만 해도 좋을 것 같았다. 소영은 고개를 끄덕였다. 다만 소영은 지갑 깊숙이 넣어뒀던 약봉지를 꺼내 모서리를 계속 만지작거렸다. 속

초로 가자고 말해볼까? 그러다가 속초 말고 다른 델 가자고 하면 어떡하지? 막상 속초에 갔는데 도현이 안 좋아한다면? 두서없는 생각이 뒤엉켜 빨리 대답을 하지 못했다. 어영부영하는 사이 답을 할 시기를 놓쳤고, 소영은 봉지를 뜯어 진정제 한 알을 얼른 삼켰다. 소영을 힐끔 본 도현이 날카로운 목소리로 물었다.

"아니, 지금 그걸 왜 먹어? 이게 진정제를 먹을 만큼 힘든 상황이야? 여행 가는 게 싫으면 말아. 안 가면 된다고! 없던 일로 해!"

꽉 막힌 외곽 도로에서 마침 깜빡이도 켜지 않고 앞으로 끼어든 차 때문에 도현은 욕을 해대며 신경질적으로 경적을 울려댔다. 소영은 무안하고 섭섭했다. 잠깐의 관용도 잠시의 인내도 허용하지 못하는 도현을 바라보며, 이 사람을 이렇게 만든 건 어쩔 수 없이 자신이었을까 하는 의문이 들었다.

"그나저나 병원은 언제까지 다닐 거야? 거기 의사들 돈 벌려는 장사치들 아냐? 별것도 아닌 걸로 1년이 다 되도록 계속 약 먹으라 하는 걸 보면 각이 나와. 왜 대답이 없어. 이젠 안 다녀도 되는 거 아니냐고 묻잖아. 내가 보기엔 별 차도도 없는데 꾸역꾸역 찾아가는 걸 보면 엄살 부리는 것처럼 보인다고."

소영은 홱 고개를 돌려 도현을 노려봤다. 병원에 가자고 했던 건 바로 도현이지 않았나.

"차도가 없어? 내가 지금 얼마나 나를 버려두고 지내는데!"

"과자 안 먹는 거? 계속 집에만 있고, 아침저녁으로 밥 차리는 거? 남들 다 하는 일들인데 그게 뭐. 애가 있길 해, 돈을 벌어! 아! 네가 곤란해질 상황이 되면 미리 진정제를 꺼내 사람 입 다물게 하는 거?"

눈물이 뚝 떨어졌다. 도현은 자기가 틀린 말을 했느냐고 되물었다. 소영은 후드득 눈물을 쏟았다. 마치 기다렸다는 듯이, 언제라도 터질 줄 알았다는 듯이, 눈물이 북받쳐 올랐다. 도현이 결국 갓길에 차를 세우고 소영의 울음이 멈추길 기다렸지만 소용이 없었다. 소영은 울음을 멈출 수가 없었다. 이상했다. 그동안 울었던 적은 없었다. 아무리 세상에 자기 혼자 남은 것 같아도, 아무리 죽고 싶은 마음이 들어도 눈물을 보인 적은 없었다. 그런데 하필이면 이런 날, 도현 앞에서 눈물이 터지다니. 왜 이렇게 눈물이 나는 걸까. 왜 안 그쳐지는 건가. 그제야 도현이 물었다.

"병원으로 데려다줘?"

소영은 멈추지 않는 눈물을 닦으며 고개를 끄덕였다.

멀쩡하게 진료를 본 환자가 두어 시간 만에 두 눈이 퉁퉁 붓고 울음을 그치지 못한 채 진료실에 들어서자 의사는 적잖게 놀란 듯했다.

"선생님, 눈물이 안 멈춰요. 무슨 일이 딱히 있었던 것도 아닌데, 그냥, 막, 눈물이 나기 시작하더니 그치질 않아요. 어떡해요, 선생님."

"정말 무슨 일이 없었어요?"

의사는 소영 앞으로 갑 티슈를 통째로 내밀어주었다.

"네. 그냥 남편이랑 이야기를 하다가 눈물이 터져버렸어요. 별 얘기도 아니었는데……"

눈물이 그치지 않아 말하기가 쉽지 않았다. 남편이 나를 이해하지 못한다, 누구 탓도 아니라 이 사람과 결혼한 내 잘못이니 참아야 된다, 같이 있어도 맨날 혼자라는 생각이 든다, 사는 게 마치 숙제 같다,라고 말했는데도 후련한 게 아니라 가슴이 더 답답했다.

의사는 덤덤한 눈빛으로 소영의 이야기를 들어주었다. 일단 진정하셔야 하니까 밖에 나가자마자 간호사가 건네는 약부터 먹으라 했다. 또한 약을 바꾸겠다고 했다. 아까

받은 약이 아니라 이 약을 먼저 먹고 일주일 뒤에 다시 찾아오란 말도 덧붙였다. 새 약을 처방해줬다는 것에 안심이 되었다. 소영은 죄송하다는 말만 연신 반복하고 진료실을 나왔다. 대기 환자들이 소영을 힐끔댔지만 눈물은 좀처럼 그치지 않고 계속 흘렀다. 옆에 앉아 있던 중년 여성이 핸드백에서 꺼낸 티슈를 건넸다. 호명이 되어 진료실로 걸어가는 부인과 잠깐 눈이 마주쳤는데 소영을 다 알겠다는 눈빛이었다.

에드파정, 폭세틴캡슐, 환인클로나제팜정, 명인트라조돈염산염정, 알프람정, 산도스에스시탈로프람정. 약의 종류도 용량도 많아졌다. 병원 진료는 다시 일주일마다 한 번으로 조정되었다. 집으로 돌아오는 길에 도현은 입을 떼지 않았다. 소영 또한 변명이나 사과, 혹은 자기를 이해시키기 위한 설명도 엄살도 부리지 않았다. 낯선 중년 여성이 쥐여준 한 뭉치의 카페 티슈만 괜스레 쥐었다 펴기를 반복했다. 수영장에 갈 때마다 들렀던 카페 이름이 적힌 티슈였다.

소영은 다시 이불 속으로 숨지는 않았다. 일주일마다 병원에 갔고, 성실하게 약을 먹었다. 약을 먹기 위해 꼬박꼬박 세끼를 챙겨 먹었고 빨래, 청소, 설거지를 밀리지 않았다. 하염없이 울어대던 이상한 증상을 겪었지만 그렇다고 또 몇백 편씩 영화를 본다거나 씻지도 않는 습관을 되풀이하진 않았다. 도현이 보기엔 다소 말수가 줄어든, 누가 봐도 이상할 게 하나도 없는, 정상인 여자처럼 지냈다.

변화가 있다면 집 안에 식물을 들이기 시작한 것 정도였다. 목도리까지 둘둘 말고 나가 화원에서 가장 작고 초라한 화분들을 골라 품에 안고 돌아왔다. 싸구려 개운죽, 행운목, 바이올렛이나 다육식물 등 너무 흔해 누구에게도 눈길을 받지 못하는 애들만 골라 왔다. 한파가 곧 시작된다고 했다. 얼어 죽을까 봐 거실에 죽 늘어놔보니 작은 정원이 되었다. 이파리에 물을 뿌리고 마른 수건으로 하나하나 공을 들여 닦다 보면 하루가 금세 지나곤 했다. 도현은 화초 앞에 앉아 있는 소영의 뒷모습이 사랑스럽다 했다.

"아이가 없어도 우리 행복하게 살자. 내가 너 평생 사랑해줄게."

소영에게 필요한 건 항우울제뿐이라는 걸 도현은 알고 싶어 하지도 않았고, 알아도 모르는 척할 사람이라는 걸 이제는 소영도 알았다. 그래서 소영은 도현을 따라 빙긋 웃으며 고개를 끄덕여줬다.

1 앨릭스 코브, 『우울할 땐 뇌 과학』, 정지인 옮김, 심심, 2018, p. 35.
2 수 앳킨슨, 『우울의 심리학』, 김상문 옮김, 소울, 2010, pp. 41~43.
3 박진영, 『나, 지금 이대로 괜찮은 사람』, 호우, 2018, p. 163.
4 백세희, 『죽고 싶지만 떡볶이는 먹고 싶어』, 흔, 2018, pp. 156~57.

경년

음모에도 새치가 난다는 걸 사람들은 다 알고 있었을까. 다리를 벌린 채 고개를 숙여 음부를 바라보았다. 나도 모르게 한숨이 나왔다. 부정할 수 없는 노화를 목도하는 건 그리 유쾌한 일은 아니었다. 머리의 새치야 그러려니 했다. 보습 크림을 덕지덕지 발라도 푸석한 피부를 숨길 수 없게 된 건 이미 오래전이었다. 초저녁잠이 늘고 새벽잠이 없어져도, 사람들 이름을 자꾸 잊어버리고 안과에서 노안이라는 말을 들었을 때도, 심지어 생리혈이 점점 줄어들어도 그저 그럴 때가 됐구나 싶었다. 그런데 검은 터럭 사이로 삐죽삐죽 튀어나온 음모 새치는 느낌이 달랐다. 이상하게 모멸스러웠다. 족집게를 들고 보이는 대로 뽑아댔다. 누구에게 보일 리 만무했지만 내 스스로 용납이 안 되었다.

다들 참 쉽게 말했다. 갱년기여서 그래. 그 이유면 설명 안 되는 것이 없었다. 소화가 잘 안 되고, 월경전증후군이 심해지고, 급뇨 증상이 나타나는 것도 갱년기 때문이고, 사소한 것에도 참을 수 없이 화가 나고, 별것 아닌 상황에 과하게 반응하는 것도 그 때문이라 했다. 만사 귀찮아 아무것도 하기 싫어 죽겠다고, 왜 이러는지 모르겠다고 할 때도 같은 대답을 들었다. 그도 아니면 생리할 때 되었느냐는 질문을 받기 일쑤였다. 만병통치약처럼 아무 때나 듣는 갱년기여서 그렇다는 말은, 그러니 그냥 그대로 살라는 말처럼 들려 결국 입을 꾹 다물게 했다. 새벽에 멀뚱히 소파에 혼자 앉아 있는 날이 늘어나는 것도 갱년기 때문인 걸까. 폭식과 두통은? 자꾸 한기가 들고, 이유 없이 식은땀이 흐르고, 가슴이 아프고 배앓이를 하는 건 생리할 때가 되어서인가, 갱년기 증상인 것일까. 내 몸의 일인데도 나는 하나도 알 수가 없었다.

식구들이 모두 나간 오전이면 집 안 꼴이 말이 아니었다. 뚜껑 열린 반찬 통들이 그대로인 식탁과, 수건과 속옷이 널브러진 욕실 앞, 세탁 바구니 밖까지 비어져 나온 옷가지. 콘센트마다 엉켜 있는 충전기들과 소파 위에 아무렇게나 펼쳐진 책들까지 정신이 없었다. 수납장이며 신발장이고 제대로 닫혀 있는 문 한 짝 없었다. 젖은 수건을 주워 흥건한 욕실 앞을 닦다 말고 냅다 팽개쳤다. 욕실 구석에는 또 곰팡이가 피었고, 바닥에는 비누가 나뒹굴었다. 아침부터 새치 염색을 한다더니 염색약이 욕조와 타일 바닥까지 튀어 얼룩덜룩했다. 세면대에는 남편의 수염 가루와 치약 덩어리가 뭉개져 있었다. 짜증이 확 치솟았다. 세수를 하고 나서 한 번씩만 휩쓸어 닦아달라는 말을 17년째 하고 있었다. 열다섯 살 아들에게는 15년째, 열두 살 딸에겐 12년째 말하고 있는데 하루도 달라지지 않았다.

당연히 나의 일이라고 생각하던 때가 있었다. 회사에서 일하니까, 학교에선 공부하고, 어린 건 아직 어리니까, 집 안일은 집에 있는 나의 몫이라고 생각했다. 일과를 마치고 돌아온 식구들을 위해 소비하는 나의 시간이 나의 가치라고 믿고 살았지만 소용없었다. 해도 표 안 나고, 안 하면 더 표 나는 게 집안일이었다. 회사는 월급이라도 주고, 아이들은 성적표라도 받아 오지. 나는? 누구도 알아줄 리 없었다. 아무것도 손대기 싫었다. 그럴 때는 차라리 다시 이불 속으로 들어가는 것이 상책이었다.

베개에서는 남편 냄새가 났다. 베개를 뒤집어 베고 머리

끝까지 이불을 덮었다. 그러고는 아랫배와 허벅지 안쪽을 천천히 매만졌다. 한 손은 가슴을 다른 한 손은 아랫도리를 부드럽게 문지르며 습관적으로 오래전 기억을 떠올렸다. 결국 연애로 발전하지 못했던 대학 선배와의 하룻밤이라든지, 백 일 휴가 나온 이등병 남자친구와 화천의 여관방에서 끝도 없이 서로의 몸을 탐하던 열두 시간이라든지, 결혼까지 이야기하다 결국 헤어지기로 한 애인과의 온화하고 슬펐던 마지막 섹스 같은 기억들. 손을 조금씩 더 빨리 움직였다. 숨이 가빠졌고, 벌린 두 다리에 힘이 들어갔으며, 어느 순간, 머릿속이 새하얗게 변하는 지점에 다다랐다. 그 순간이 오래 지속되도록 더욱 세심하고 부드럽게 내 몸을 쓰다듬었다.

남편과의 잠자리는 다분히 의례적이었다. 주로 토요일 밤이나 일요일 새벽에 이뤄졌고, 흥분의 감도나 자극적인 감각은 소멸된 지 오래였다. 하루 세끼 밥을 먹고, 밤에 자고 아침에 일어나는 일상처럼 한 달에 두어 번의 관계가 합법적인 부부라는 것을 증명하는 수속이나 의무 사항을 이행하는 절차 같았다. 물론 처음부터 그랬던 것은 아니다. 아이를 낳기 전에는 서로의 감각을 확인하는 유희였던 적도 있었으나, 한때뿐이었다. 남편은 잠자리에 공을 들이는 남자가 아니었다. 묵힌 정자를 빼내는 사람처럼 느껴질 때가 많았다. 전희랄 것도 없이 무턱대고 무릎으로 아랫도리를 문질렀고, 거부하지만 않으면 곧바로 삽입이었다. 배려가 없었고, 참을성도 없었다. 사정을 하고 난 뒤, 자신의 거친 호흡을 정리하면 쑥 일어나 욕실로 가버리는 남자였다. 대체로 하의만 벗은 채로 관계를 했으므로 빈 침대에 남은 나는 화장지로 아랫도리를 한번 닦고 팬티와 잠옷 바지만 꿰입으면 끝이었다. 남편이 다시 옆에 눕기 전에 나는 벽을 향해 돌아누워 잠든 척했다. 늘 미진했지만, 그 미진함을 남편에게 드러내지 않았다. 실은 표현할 줄도 몰랐다. 나는 이불을 걷어내고 크게 숨을 내쉬었다.

그사이 부재중 전화가 세 통이 와 있었다. 엄마와 시어머니, 윤서 엄마였다. 시어머니야 다음 주의 제사 때문이고 윤서 엄마는 모임 때문일 것이었다. 이번 모임에 못 나온다는 걸 알고 있었는데 뭘 또 전화까지 했을까 싶었다. 엄마에게 이내 또 전화가 걸려왔다.

— 네가 하는 일이 뭐가 있다고 꼭 몇 번씩 걸게 만드냐?

— 엄만 뭐가 바쁘셔서 아침부터 전화하셨는데?

— 딸한테 꼭 할 말이 있어야 거냐. 이것들은 다 지들만

잘났지.

— 진아는?

식탁 위의 노트북 전원을 넣으며 물었다. 기다렸다는 듯이 볼멘소리가 이어졌다.

— 저 혼자 바빠. 사람 소외감 느끼게.

소외감이라는 말이 걸렸지만 화제를 돌렸다.

— 아빠는?

— 몰라, 아침 댓바람부터 나가더라. 꼴 보기 싫어.

— 왜, 또.

— 언제 이유가 있었냐? 이유를 따지면 아닌 게 없지.

엄마는 아버지라면 무조건 싫다고 했다. 뭐가 그렇게 싫은지 물으면 자기만큼 살아보면 안다고 했다. 40년까지 살지 않아도 이해는 되었다. 한때는 아버지의 성정을 못 맞추는 엄마가 미련하거나 게으르기 때문이라고 생각했지만, 결혼해 살다 보니 엄마가 얼마나 쉽지 않은 결혼 생활을 했는지 짐작이 가고도 남았다. 아버지는 매일 가계부 검사를 마쳐야 아내를 재우는 남편이었다. 아내의 옷차림이나 머리 모양을 평생 자기의 취향대로 꾸미게 했으며 물한 컵조차 자기 손으로 떠 마실 줄 모르는 사람이었다. 아버지의 은퇴 이후 남편과 온종일 붙어 지내야 하니 엄마에게는 지금이 가장 힘겨운 결혼 기간인지 모른다. 같이 사는 진아마저 또 집을 비운다 하니, 게다가 이번엔 편도 티켓만 끊었다 하니 엄마는 더 날이 서 있을 수밖에 없었다.

— 이번엔 어디로 간다고 했지?

— 몇 번을 말해줘야 알아듣니? 내 말은 맨날 건성으로 듣지?

— 나도 이제 깜박깜박하는 나이니까 그러지.

— 쉰도 안 먹은 게 칠십 엄마 앞에서 할 소리냐? 브라질! 브라질, 렌소이스 사막!

— 왜 소리를 질러. 귀는 아직 안 먹었어.

나는 엄마가 불러주는 대로 검색창에 렌소이스를 적어넣었다. 동명의 게스트 하우스와 레스토랑, 이어서 브라질 렌소이스 마라넨시스 국립공원에 관한 뉴스가 뜨고, 여행 후기가 담긴 블로그가 주르르 검색되었다. 진아가 여기에 간다. 순백의 흰모래 사막. 백색 사막 한가운데는 파란색 물감을 퍼부은 듯 새파란 물웅덩이가 거짓말처럼 펼쳐졌다. 백색 모래라는 것도 기이했으며, 사막이라는데 시리도록 투명한 호수가 펼쳐진 장관도 못 믿을 만한 풍광이었다. 일주일 뒤면 진아도 저 풍경 앞에 서 있을 거란 생각이 드니 괜히 부러웠다. 진아가 외국에 나갈 때마다 변함없는 나의 일상이 보잘것없이 초라하게 느껴지곤 했다.

진아의 첫 해외여행지는 캄보디아였다. 대학 신입생이었던 진아와 4학년을 앞둔 내가 같이 갔던 곳이었다. 그러나 앙코르와트의 위엄을 느낀 건 진아뿐이었다. 물갈이로 화장실을 들락거렸던 나와 달리 어떤 음식도 탈 없이 소화하고 새로 만난 사람들과 스스럼없이 잘 어울린 것도 진아였다. 여행 내내 나는 어서 집으로 돌아가고 싶었고, 진아는 어떻게든 집으로부터 멀어지고 싶어 했다.

진아의 삶이 나의 삶과는 전혀 다른 방향으로 진행되리란 걸 그 여행에서 명백히 깨달았지만 그래도 이 정도로 멀어질 줄은 몰랐다. 캄보디아에 다녀온 뒤로 진아는 어떻게든 기회를 만들어 외국에 나가기 시작했다. 방학마다 태국과 베트남, 홍콩과 중국을 다녀오고, 휴학계를 낸 어느 해에는 호주에서 반년 동안 살다 오기도 했다. 4학년 겨울 방학에는 유럽 일주도 마쳤다. 여행 상품 기획자가 되고 싶다던 진아는 결국 여행사에 취직했지만 상담원만 했을 뿐 원하던 일을 하진 못했다. 여행사를 그만두고는 전혀 연관성이 없는 회사를 전전했지만 어떻게든 돈을 모으고 짬을 내 외국을 들락거리며 살고 있었다. 엄마의 표현대로라면, 있는 집 딸처럼 보일 인생이었다.

─브라질이면 경비도 꽤 들겠는데?

─버는 돈 다 뭐 해. 그렇게 쓰다 죽으면 되지. 지가 새끼가 있어, 남편이 있어. 지 몸 하나만 건사하면 되는 건데. 세상 부러운 팔자다, 걔 팔자가.

─혼자 안 외로운가?

─혼자인지 누가 있는지 알 게 뭐야.

내가 한창 신혼의 재미에 빠져 있을 때는 진아가 정착을 못 하고 부유하는 떠돌이처럼 보여 걱정이 되었지만, 한동안 두 아이를 키우느라 넋이 빠져 있을 때는 얽매이는 것 없이 훌쩍 떠났다 돌아오는 진아의 자유가 그저 부러울 뿐이었다. 마흔이 넘어서부터는 진아가 저렇게 살 수 있었던 건 결혼을 하지 않고, 아이가 없기 때문이라고 결론지었다. 통념에 아랑곳하지 않은 진아의 선택이 멋지고 대단하게 여겨졌다가도 가끔은 저러다 독거노인으로 곪어 죽는 건 아닌가 싶어서, 그럼 결국 내가 거둬야 할 숙제처럼 여겨지기도 했다.

렌소이스의 사막을 본 아침, 나는 내가 사뭇 이렇게 늙어가게 될 것 같은 아득한 예감이 들었다. 앞으로는 음모 새치를 아무렇지 않게 뽑을 것이고, 아이들은 내가 가보지 못한 세계 곳곳을 아무렇지 않게 다닐 것이며, 나는 그 사실을 무감하게 받아들이겠지. 이십대에 가졌던 꿈이라든지, 삼십대에 열망했던 미래에 대한 희망은 결국 기억에 남지도 않을 것이었다. 나는 노트북을 소리 나게 덮어버렸다.

외출 준비를 해야 했다. 그 핑계로 아버지와 진아에 대해 두서없이 떠들어대던 엄마와의 통화를 간신히 마칠 수 있었다. 나는 전화를 끊자마자 냉장고에서 꺼낸 사이다를 단숨에 벌컥벌컥 마셨다. 식도를 따라 따끔거렸고, 연거푸 트림이 터졌다. 답답증이 조금 가시는 듯했다. 닫지 않은 냉장고 문에선 경고음이 요란하게 울렸지만 나는 개의치 않고 한 캔을 더 꺼내고서야 문을 닫았다. 그리고 싱크대 서랍에서 약봉지를 꺼냈다. 푸리민정, 부로피온정, 비그만정, 아르볼캡슐. 네 개의 알약을 사이다와 함께 삼켰다. 각각 식욕억제제, 항우울제, 비만증 및 변비약, 체중감량보조제였다. 부작용일 테지만 다이어트약은 조증처럼 기분을 고양시켰다. 처방 약을 건네던 약사는 우루사를 같이 먹으라고 권했다. 이런 약은 간에 무리가 갈 수 있습니다. 사무적인 말투였지만 무안했다. 이런 약이라고 말했을 뿐인데 어쩐지 그 나이에,라는 말이 전제된 것 같은 기분이 들었다. 갱년기에 접어든 여자도 살 때문에 식욕억제제를 먹는 심정에 대해서 당신이 뭘 알겠는가. 두 아이를 낳고 불은 살이 15킬로그램이었다. 운동과 식이요법으로 살을 빼는 건 어린아이를 키우면서 가능한 일이 아니었다. 약 효과는 대단했다. 한 달 만에 10킬로그램이 쏙 빠졌다. 약만 먹으면 식욕이 사라지고, 먹은 게 없어도 까만 설사가 죽죽 쏟아졌다. 물론 약을 먹을 때뿐이었다. 약을 끊으면 통제가 불가능한 폭식이 이어졌고, 몸은 금세 제자리로 돌아갔다. 결국 10년에 가까운 시간 동안 간헐적으로 먹어온 다이어트약으로 절식과 폭식을 넘나들며 지금의 몸이되었다. 살이 찌면 약으로 빼면 된다는 심리적 내성이 나를 더 방치하게 한 탓도 있었다.

"당신 아줌마야. 아줌마가 아줌마처럼 보이는 게 당연하지. 포기하라니까. 내가 언제 당신한테 뚱뚱하다고 뭐라 했어? 아니 남편이 괜찮다는데 뭐가 걱정이야. 뭘 입어도 마찬가지니까 신경 쓸 필요가 없다니까 그래."

불쑥불쑥 떠오르는 남편의 말 때문에 부아가 치솟았다. 남편에 대한 적의가 시도 때도 없이 고개를 들었다. 네가 괜찮다고 하면 괜찮니? 나는 놀란 듯이 흡, 입을 다물었다. 요즘 자꾸 혼잣말을 했다. 소리 나게 혼잣말을 하면 늙는 거라는데. 아랫배를 내려다봤다. 불룩 튀어나온 배 때문에 발끝이 잘 보이지 않았다. 남편이 괜찮다면 괜찮은 거라니. 내 몸을 당신이 왜?

관리 안 하는 게으른 여자라거나 팔자 편한 여자 취급
은 차라리 나았다. 어디 아픈 사람은 아닌지 걱정해주는
건 끔찍했다. 소득에 따른 비만 비율 운운하는 뉴스를 접
할 때면 정말 위라도 잘라내는 수술을 하고 싶을 지경이었
다. 내 몸이 이 지경인 게 제일 싫은 건 나였다. 요 근래에
는 77사이즈도 작게 느껴졌다. 맞는 사이즈의 속옷을 고
르는 것도 일이었고, 불룩 튀어나온 살이 심하게 드러나지
않게 해줄 옷을 고르는 건 더 어려웠다. 새로 사놓고 걸어
두기만 했던 트로피컬 무늬 원피스를 다시 한번 입어보았
다. 지금 먹는 약을 다 먹으면 맞겠거니 했는데, 체중 감소
는 고사하고 뒤쪽 지퍼가 반도 못 올라갔다. 이번 모임에
입으려고 산 원피스였는데. 나는 결국 군살이 드러나지 않
는 뻣뻣한 마 원피스를 입고 나가야만 했다.

*

중학교 엄마들의 모임이 흔하진 않는데, 대표 엄마가 서
글서글하니 모임을 잘 이끌었다. 엄마들 중에 나이도 제
일 많은데다 큰애를 명문대에 보내놓은 터라 엄마들이 잘

따랐다. 무엇보다도 특목고나 자사고 원서를 쓸 법한 아이 엄마들로 추려진 모임을 따로 갖고 있었다. 나 역시 그 일원이었다. 입시 정보와 학원 정보에 관해 공유하는 것이 큰 목적이었지만 대부분은 사춘기 아이들 키우기 힘들다는 것이 주 화제가 되곤 했다. 이번 모임은 새로 생긴 과학 학원 설명회 때문이었다. 다 같이 가보자고 해서 모였는데, 이전 모임과 다소 분위기가 달랐다. 대표 엄마를 비롯해 다른 엄마들마저 말을 아꼈고 대화는 자주 끊겼다. 나만 모르는 무언가가 있다는 걸 암시하는 침묵을 더 이상 견딜 수 없었다. 정면 돌파가 답이었다.

"우리 세훈이 일이에요?"

엄마들이 모두 대표 엄마에게 눈길을 돌렸다. 대표 엄마가 어쩔 수 없다는 듯이, 남아 있던 아이스커피를 한 번에 다 마신 후에 입을 열었다.

"이미 알고 있는 얘기면 미안한데, 세훈이가 여자애들을 만난다고 해서."

"우리 세훈이한테 여자친구가 생겼대요?"

놀라운 건 사실이었지만 그게 뭐 큰일인가 싶었다. 공부 잘하는 애가 자기 관리 잘하면서 여자친구까지 있다는 건 단점이 아니라 자랑거리에 속했다. 한 번쯤은 있을 법했는

데, 이제껏 그런 일이 없었던 터라 내심 언제쯤 겪을 일이
라는 마음의 준비는 해왔던 터였다. 작년에 비해 키가 홀
쩍 크더니 울대뼈가 서서히 드러나고 말수가 줄어든 아들
아이였다. 무엇보다도 두툼해진 손바닥을 보곤 한창 열심
히 자라는 중인가 싶었는데. 나는 의자에 등을 기대고 슬
며시 웃으며 대꾸했다.

"여자친구 생겼으면 엄마한테 소개부터 해야지 말이야.
오늘 집에 오면 혼부터 내야겠네."

따라 웃어주는 엄마가 없었다. 대표 엄마가 조심스럽게
말을 이었다.

"여자친구를 사귄 거면 누가 뭐라 하겠어. 근데 세훈이
는 좀 다른 것 같아서. 그것만 하려고 여자애들을 만난다
고 하니까."

"그게 무슨 말이에요? 뭘 한다는…… 설마?"

그 순간, 아침마다 감추지 못한 아들아이의 불룩한 파자
마 가랑이가 떠올라버렸다.

"나도 우리 애한테 들은 거라 확인이 필요할 테지만, 아
무튼 나만 아는 얘기는 또 아니어서."

나는 잘 알아듣질 못했다. 여자친구는 아닌데 관계를 하
는 여자애가 있다? 하나도 아니고 여자애들이라니, 성매

매라도 했다는 건가? 성관계만 하겠다는 여자애를 사귄다는 소린가? 사귀지 않은 여자애랑 한다는 건 무슨 의미인 건가. 나는 더 이상 말을 잇지 못했다. 어떻게 나만 모르는 소문이 된 건지, 그래서 지금 당신들은 나에게 뭘 바라는 것인지, 이럴 때는 어떻게 반응하는 것이 적절한 대응인지, 나는 판단이 서지 않았다.

어떻게 집으로 돌아왔는지 기억나질 않았다. 집에 오자마자 내가 한 일이라곤 라면을 끓여 국물까지 싹 다 비우고, 한꺼번에 믹스커피 두 잔을 마셨다는 것이다. 느닷없는 식욕은 멈출 줄 몰랐고, 버터쿠키 한 통을 다 비우고 나서야 약포지 두 개를 뜯어 나비 모양의 푸리민정만 골라 삼켰다.

나는 내가 열려 있는 엄마라고 생각했다. 이성 교제도 허락할 수 있고, 그 시기의 성관계도 가능할 것이라고 예상은 해왔다. 다만 실제로 벌어질 일이라고는, 더더군다나 이런 경우는 예상 범위에 없던 상황이었다.

집에 들어서는 아들아이를 곧장 불러 세웠다. 직접 듣고 싶다고 다그쳤다.

"다 듣고 왔으면서 뭘 더 확인해."

"내가 듣고 온 게 다 사실이야?"

"응."

"아니, 어떻게! 어떻게 그럴 수가 있어?"

"지금 나 혼나는 분위기야?"

"그럼 네가 잘했다는 거니?"

"잘못한 건 뭔데? 콘돔 썼어. 하고 싶은 거 맞는지 확인했고, 합의해서 했다고."

"사귀는 애가 아니라며."

"사귀는 사람하고만 하란 법 있어?"

주둥아리를 콱 쥐어뜯고 싶었다.

"네가 어른이야? 너 중딩이라고!"

"중딩은 하면 안 돼? 왜?"

안 된다고 단언하기 힘들었다. 현실적으로 통제가 불가능하다는 것쯤은 이해하고 있었다. 그러니 여자친구를 사귀게 되면, 만에 하나라도 하게 된다면,이라는 전제로 합의와 피임에 대해 강조해왔던 터였다. 관계만을 위한 관계에 대한 전제는 없었던 것이다.

"적어도 사귀는 애랑 했으면 내가 이렇게 화가 안 나. 그것만 한다는 게 정상이니?"

"나도 스트레스 풀 데가 있어야 하잖아!"

더 이상 말이 이어지질 않았다. 스트레스 해소였다니.

"차라리 자위를 해!"

"그걸로 풀 수 있는 거였으면 그랬지! 아이 씨, 쪽팔리게."

"그럼 하다못해 술, 담배를 하든가!"

"미쳤어, 왜 내 몸을 학대해."

단 한마디도 지지 않고 꼬박꼬박 대꾸하는 아이 앞에서 나는 어쩔 줄 몰랐다. 아들아이가 잠시 숨을 고르더니, 내 눈을 똑바로 쳐다보았다.

"엄마. 나 엄마가 바라는 만큼 성적 내고 있잖아. 공부도 잘하고 있고. 피시방이나 노래방도 안 다녀. 애들이랑 몰려다니면서 어른들 거슬리게도 안 해. 그게 엄마가 원하는 모범생 아냐? 내가 알아서 다 관리하고 있다고. 고등학교도 대학교도 엄마가 소원하는 데로 가줄게. 대신 나 스트레스 풀 데 하나는 좀 둬. 나도 해소할 구멍은 있어야 하잖아. 애들이 피시방 다니면서 게임하는 걸로 스트레스 푸는 거나, 나나. 그냥 똑같은 거야."

"여자애는? 걔들도 너랑 똑같아?"

"그걸 왜 내가 신경 써. 각자 알아서 사는 거지."

"네가 동물이니? 어떻게 그 짓만 하려고…… 좋아, 너는 인조였다고 쳐. 상대방도 분명히 인조라고 한 게 맞느

난 말이야. 여자애 기분을 제대로 파악했느냐고. 여자애가 널 좋아하는데 너 혼자 인조이라고 위악 부리는 거 아니냐고!"

"그럼 엄만 내가 여자친구 만들어서 제대로 사귀었으면 좋겠어? 지금도 학원 숙제에 영재원 프로젝트에, 할 일이 산더미야. 엄마가 과외 안 붙여줘서 소논문은 아직 시작도 못 했잖아! 놀 시간은커녕 쉴 시간도 없어. 나 숨통 트일 데는 남겨두라고!"

왜 나는 그 말에 곧바로 응수하지 못했을까. 그건 네 책임이라고. 사람은 누구나 바쁘고 할 일 많지만, 그걸 조율하고 배분해서 쾌락을 추구하는 것이 인간이라고. 연애로 뭘 못 한다는 핑계는 대지 말아야 한다고. 꽂고 다닐 정신 있으면 그런 책임에 대해 고민도 해야 한다고! 이렇게 말해야 했는데 차마 입이 안 떨어졌다. 사랑 없는 섹스에 대해 중2짜리 아들아이와 이야기하는 것이 불편해서가 아니었다. 정말 아들아이의 말처럼 공부에 방해가 되지 않는 선이라면……이라는 타협을 나도 모르게 하고 있던 탓이었다.

"아빠도 알아?"

"왜? 아빠 알까 봐 무서워?"

"아니. 아빠라면 엄마처럼 답답하게 생각 안 할걸? 이렇게 난리 칠 일도 아니라는 걸 더 잘 알 거고. 나 더 얘기해야 돼? 영어 학원 숙제 아직 다 못 했는데. 참, 간식은 됐어."

그러고 제 방으로 들어가버린 아들아이의 뒷모습에 나는 숨이 턱 막혔다. 아직 말 다 안 끝났다고 소리쳐봤자 똑같은 소리만 하게 될 것이었다. 아들아이에게 들을 말도 똑같을 것이 분명했다. 내가 한 말은 고작 네 동생은 모르게 하자는 것이었다. 그건 마치 나를 향한 변명 같아서 화가 더 치밀었지만, 그 화를 어떻게 풀어야 할지도 몰랐다.

"그래서 뭐가 문젠데?"

남편의 반응에 내가 더 놀라 되물었다.

"뭐라고?"

"어떤 년들이길래 그 나이에 몸뚱이를 함부로 굴려. 뭐 뻔해, 다 공부 못하는 것들이겠지. 아무튼 괜히 애 기죽이지 말고 적당히 넘어가. 호들갑 떨 일 아니야."

"이제 열다섯 살들이야."

"난 더 어릴 때도 했어."

"자위를 한 게 아니잖아! 여자애랑 진짜로 했다고."

"그게 뭐. 억지로 했대? 서로 합의해서 했다며. 강간 아니잖아. 그냥 스트레스 풀었다며. 그게 이렇게 난리 칠 일이야?"

"바로 그 스트레스 해소였다는 것이, 잘못이 아냐?"

"그럼 연애하라고 떠밀어? 콘돔도 썼다며. 똑똑한 자식."

"웃음이 나?"

"그럼 울까? 여보, 뭐 그리 심각해. 애가 아직 어리니까 잘했다곤 못 해도 다리몽둥이 부러뜨릴 일도 아니야. 서로 합의했다, 콘돔 썼다, 그럼 됐지. 부모가 더 이상 뭘? 까놓고 말해서 세훈이가 뭘 잘못했는데? 남자 앞에서 다리 벌린 것들이 문제지, 우리 아들이 무슨 문제냐고."

"여보!"

"안 그래? 엄마들이 다 알 정도면 학교 쪽에서도 모르지 않을 거고, 문제가 될 사항이면 학교에서 먼저 연락이 왔겠지. 시간 지나면 다 조용해지는 일이야. 남자애니까 그런 건 허물도 아니고. 지들 사이에서는 난놈 된 거야. 자기 놀 거 다 해가면서 공부도 잘하는데 누가 뭐라 할 거냐고."

"세훈이가 아니라 세은이한테 벌어진 일이라면? 세은이가 스트레스를 풀겠다고 남자애들이랑 그런 짓을 하고 다

176

녔다면? 그때도 당신은 공부 잘하는 애가 그랬으니 괜찮다 할 거야?"

"어디 끔찍하게 세은이한테 갖다 붙여! 여자랑 남자랑 같아?"

"다를 게 뭐 있어?"

"어깃장 부리지 마. 계집애가 무슨. 여자들은 태생적으로 그런 짓 안 해."

"세훈이랑 한 애들은?"

"그것들이 미친년이지. 세훈이 때 남자애들은 여자라면 정신 못 차리니까 어떻게든 몸으로 꼬셔보려고. 그럼 내가 가만 안 두지. 우리 애 공부 방해한 것들이면 가만두면 안 된다고. 싸가지 없는 년들. 어린것들이 발랑 까져서 밝히기나 하고."

싸가지 없이 밝힌 건 그 여자애들이 아니라 아들아이가 아닌가. 그러나 나는 입을 다물었다. 나 또한 아들아이가 그런 아이라고 인정하기 싫었던 것이다.

"우리 애만 생각해. 괜히 그 여자애들이 불쌍하니 마니 그런 거 함부로 표 내지도 말고. 엄마들한테 꿀릴 것도 없어. 세훈이가 잘못한 게 있어야 말이지. 그러고 보니 당신한테 우르르 달려든 여자들이 더 이상하네. 씹을 거 하나

생겨서 신났다고 덤벼든 거지. 아, 그러니 당신도 신경 꺼."

"세훈이한테는 뭐라 하고?"

"아, 뭘 뭐라 해, 자꾸! 그냥 둬. 두면 지나갈 일이라니깐! 영 한 소리 하고 싶으면 소문 가라앉을 때까지만 얌전히 지내라고 하든지! 나 아직 저녁 안 먹었거든? 밥 안 줄거야?"

아들아이도 남편에게도 말하진 못했지만, 나는 계속 그 여자애들이 걱정되었다. 아들아이를 좋아하는 여자애였으면 어쩌나 싶고, 그 여자애들 부모가 알면 또 어떡하나 싶었다. 아들아이가 잘못한 일이라고 손가락질 받는 것도 두려웠지만, 아무렇지 않은 듯 그저 시간이 흐르게 두는 것도 바른 해결 같지 않았다. 왜 남편과 아들아이는 이 상황을 문제라고, 해결할 일이라고 생각하지 않는 것일까. 잘못된 일이지 않은가. 인정하기도 받아들이기도 싫지만, 분명 옳지 않은 일이었다. 그런데 남편이 아니라면 아닌 일이라니.

끼니때가 지나 늦은 저녁을 먹는 남편은 앞에 앉아 있는 나한테 눈길 한 번 주지 않고 핸드폰만 들여다봤다. 골라낸 콩이 밥그릇 옆에 너저분하게 굴러다녔다. 아들아이도 콩을 안 먹었다. 아들아이도 남편을 닮아 키가 컸고, 남편을 닮아 비염이 심했고, 남편을 닮아 수학을 좋아했고, 남편을 닮아 이기적이었다.

"물!"

나는 꼼짝도 하지 않고 가만히 앉아 있었다. 다른 날이었으면 진작 가져다 두었을 터였다. 남편은 그제야 고개를 들어 나를 바라보았다. 그럴 기분이 아닌가 보다,라고 생각했는지 슬그머니 일어나 자기가 직접 물을 따라 마시며 나직이 말을 건넸다.

"당신이 걱정하는 것처럼 세훈이 이상한 거 아냐. 정상적인 남자로 크는구나,라고 생각하면 돼. 애 주눅 들지 않게 잘 살펴. 우린 우리 애만 챙기면 돼. 알았지?"

그러고는 내 엉덩이를 툭 치고 방으로 들어갔다. 딸아이 방에서는 아이돌 노래가 흘러나왔고, 아들아이는 학원에서 돌아오려면 아직 한 시간이 남아 있었다. 대체 아들아이는 여자애들과 어디서 뒹굴었을까. 몇 명이나 되는 애들과 어울린 걸까. 학교와 학원, 영재원만 다니는 아이인데. 동선이 명확하고 귀가 시간 한 번 어긴 적 없는 아이인데. 거칠지 않고, 예의 바르고, 단정한 아이인데. 그런 아들아이라고 생각하며 키웠는데. 머리가 아팠다.

지난 모임에 나오지 못한 윤서 엄마에게 그날 이후로 계속 전화가 걸려왔다. 윤서와 아들아이는 초등학교 시절부터 지금까지 세번째 같은 반이었다. 윤서 위로 고등학생 오빠가 있어서, 남매를 키우는 집이라는 공감으로 친분을 쌓아온 사이였다.

딸만 있는 엄마들, 아들만 가진 엄마들은 한눈에 봐도 금방 표가 났다. 자매만 키우는 엄마들은 일단 남자애들은 모두 짓궂다는 전제로 대화를 시작했다. 험한 세상에 딸 키우기가 수월치 않다, 무서운 세상이어서 염려하고 단속시킬 것이 너무 많다고 개탄했다. 그 원인을 무조건 남자로 돌리곤 해서 못마땅했지만 누구 하나 똑 부러지게 반발하지도 않았다. 그런가 하면 형제만 키우는 엄마들은 요즘 여자애들은 무서워서 말도 못 붙이겠다고, 내신 괴물인 여자애들 때문에 공부하기 힘든 세상이라고 말하곤 했다. 사춘기 딸 때문에 고민이라는 엄마들 앞에서는 남자애를 안 키워봐서 정말 힘든 걸 모른다고 함부로 무시했다. 딸이 아들보다 먼저 성숙해져서 문제라며 아들은 평생 철 못 드는 철부지로 산다는 말도 별로였다. 무엇보다도 집에선 도통 입을 다물어 학교에서 무슨 일이 있는지 하나도 모른다는 아들 엄마들의 흔한 레퍼토리는 자기 아이만 감싸는 무책임한 발언이라며 딸 엄마들의 원성을 사기도 했다.

남매를 키우는 윤서 엄마와 나는 두 부류의 엄마들 말에 계속 고개를 끄덕이느라 바쁜 사람들이었다. 가운데에 끼여 금세 피로를 느낀다는 공통점도 있었다. 그래서 나는 윤서 엄마에게 서운했다. 그날의 화젯거리를 윤서 엄마라고 몰랐을 리가 없다. 아니, 윤서를 통해서라도 분명 들은 게 있었을 텐데 그동안 나에게 언질 한 번 해주지 않았다는 것도 노여웠다.

*

그날 이후 달라진 건 나밖에 없는 듯했다. 남편은 계속 귀가 시간이 늦었고, 아들아이는 평상시와 다르지 않은 일상을 보냈다. 평일엔 학교와 학원, 주말엔 영재원과 스포츠 클럽에 다녀오는 것 외에는 집에 있었다. 식사 시간을 제외하고는 제 방에서 나오지도 않았다. 학교 시험 기간인데 영재원에서 과제를 줄여주지 않았다면서도 싫은 기색 없이 또 진득하게 책상 앞에 앉아 있는 걸 보면, 딱하기도 했다. 그렇지만 나는 이내 고개를 가로저었다. 지금 공부가 머리에 들어온다고? 어떻게 저렇게 태평할 수 있는

가 싶어 화가 치밀었다. 얼굴이 벌게지고 맥박이 빨라졌다. 그럴 때면 사이다를 벌컥벌컥 마시고 가슴을 진정시켰다. 마음이 다시 조용해지면 묵묵히 공부만 하는 아들아이가 다시 기특해졌다. 변덕을 부리는 내 마음을 나도 종잡을 수가 없었다.

열세 시간 진통 끝에 낳은 첫아이였다. 내 젖과 청춘을 먹여 키운 아이였다. 온몸 구석구석 모르는 데가 없는 내 새끼였고, 어디에 내놔도 아깝지 않은 총명한 내 자식이었다. 그 사실이 변할 리 없다. 그럼에도 불구하고 분명한 건 아들아이에게 우호적인 감정이 드는 게 불편해지고 있다는 것이었다.

이렇게 그대로 지나갈 일이냐고 남편에게 몇 번이나 물어봤다. 담임을 찾아가 상담이라도 해볼까,라는 말에는 선생이 별수 있겠느냐는 답을 들었다. 그도 그럴 것 같았다. 괜히 부스럼 만들지 말라는 소리에 나도 모르게 고개를 끄덕였다. 어디 여행이라도 다녀올까,라는 말에는 아예 대꾸조차 없었다. 무슨 소용이냐는 뜻이었다. 뭔가 전환점이 필요하지 않을까 싶다는 덧붙임에 세훈이가 뭐 죄지었어? 왜 도망가!라고 또 한 소리 들어야 했다. 정말 죄를 지은 건 아닌 걸까. 여자애도 응했다고, 합의라는 단어로, 열다섯 살 아이들의 스트레스 해소용 성관계를 묵인하는 것이 어른들의 마땅한 태도인 걸까. 나는 한 번 더 물었다.

"내가 슬쩍 그 여자애들을 만나볼까?"

소파에 누워 핸드폰을 들여다보던 남편이 벌떡 일어나 앉았다.

"당신, 대체 왜 그래! 만나서 뭐 하게? 상판이라도 보고 오면 마음이 놓일 거 같아? 뻔한 것들 꼭 봐야 알겠느냐고. 공부 잘하고, 반반하게 생긴 매너 좋은 남자애한테 혹해서 목매단 것들이야. 그런 것들 만나봤자 속만 쓰리다고. 억울하면 우리 쪽이 억울한 거야, 이 사람아. 가만히 있는 애를 꾀어 이런 소문에 시달리게 만든 게 그년들인데, 당신은 왜 자꾸 가해자 코스프레를 못 해서 안달이야! 응? 아, 그리고 말은 바로 하자. 주겠다는 걸 안 먹는 놈이 병신 아니냐고!"

"당신은 어떻게 그렇게 확신해?"

"그럼 부모가 자식을 믿어야지, 남을 믿어?"

거실로 나와 텔레비전 앞에 앉은 딸아이 때문에 대화는 거기에서 그쳤다. 딸아이가 보려는 건 며칠 전부터 손꼽아 기다리던 아이돌의 컴백 쇼였다. 나는 딸아이의 까만 뒤통수를 바라보며 골몰했다. 나는 왜 이렇게 불안하고 석연

치 않은 기분에 시달리는 것일까. 나를 향해 화살을 돌려 물었다. 아이를 못 믿어서? 아이를 사랑하지 않아서? 그게 아니라면…… 잘못이 아니라면 말끔하게 잊고, 잘못한 일이라면 빨리 해결해서 바른 아이라는 이미지를 되찾고 싶은 마음이어서는 아닐까. 남편과 달리 아들아이뿐만 아니라 여자애들이 줄곧 신경이 쓰이는 건, 혹시라도 그 여자애들이 나중에 내 아이의 발목을 잡는 증인이 되는 건 아닐까 하는 두려움 때문이라는 걸, 나는 어렴풋이 알고 있었다. 해결할 수 있을 때 입을 막거나, 봉합할 수 있을 때 수습하고 싶은 것. 그것이 아이의 미래를 위해 부모가 할 일이라는 생각이 들었던 것이다. 그것이 인정하고 싶지 않고 보이고 싶지 않은, 나의 가장 솔직한 심정이었다.

"어떡해!"

딸아이가 괴성을 지르며 텔레비전에 바짝 다가가 앉았다. 현란한 무대에서 시끄러운 노래가 터져 나오고 열세 명이나 되는 남자애들이 일사불란하게 춤을 추기 시작했다. 다들 만화 주인공처럼 생긴 애들이었는데 아무리 봐도 다 똑같이 생긴 것 같았다. 딸아이는 자기가 좋아하는 멤버가 클로즈업될 때마다 자지러지게 소리를 질러댔다.

딸아이는 대체 뭐가 되려는지, 영 종잡을 수가 없었다.

아들아이는 지금처럼만 성적을 유지하면 제가 바라는 의과대 진학이 그리 힘들 것 같지 않았다. 하지만 딸아이는 아들아이와 달라서 가르치지 않으면 저절로 깨치는 게 없었고, 가르쳐도 알맞게 하는 게 없었다. 딸은 야무져서 살림 밑천이라는 말이 왜 생긴 것인지 납득할 수 없었다. 딸 키우는 재미도 마찬가지였다. 딸과 아들의 차이가 아니라 각 아이의 차이 아니냐고, 어찌 딸만 키우는 재미가 있느냐고, 나는 생전 딸 키우는 즐거움은 몰라도 대신 아들 키우는 맛은 정말 잘 알겠다고 말하던 엄마였다.

나와 달리 남편은 딸아이라면 무조건 예스를 남발했다. 나와 상의 없이 아이돌 CD를 버전별로 사 주질 않나, 공개 방송 티켓을 구해 와 둘이 보고 오기도 여러 번이었다. 5학년이 되었는데 마냥 놀릴 수는 없었다. 그래도 공부에 목맨 엄마처럼 보이고 싶진 않아 억지로 끌고 가듯 학원에 넣은 건 아니었다. 공부를 완강히 거부하던 딸아이를 겨울방학 내내 어르고 달래 영어, 수학 학원에 넣은 게 지난봄이었다. 아들아이처럼 1등을 바랄 수 없는 애라는 건 애초부터 알았으니 그저 시늉이라도 내보자는 속셈이었다. 사실 딸아이는 방송 댄스 학원에 다니고 싶어 했다. 방과 후 수업으로 배우는데도 성에 안 찬다고 했다. 더 많은 춤을 진짜로 춰보고 싶다며 졸라댔다. 연예인 할 것도 아닌데 무슨 소리냐며 나는 단번에 거절했다. 이 와중에 내 속도 모르는 남편은, 이번에도 나와 의논 없이, 딸아이가 조르는 대로 방송 댄스 학원에 보내주겠다고 덜컥 약속을 해버렸다.

"쟤가 지금 춤 배울 때야?"

"예체능은 초딩 때 마쳐야 한다고 했던 건 당신이야. 사람이 일관성이라도 있어봐라."

"간신히 설득해서 영, 수 시작한 지 얼마 됐다고 그래."

"애가 즐겁고 행복해야지. 쟤 춤출 때 표정 봤어? 난 세은이가 하고 싶은 게 생겼다는 것만으로도 대견하고 신기하더라. 괜히 애 스트레스 주지 말자고."

"공부도 때가 있어. 이미 늦었다고."

"공부 좀 못하면 어때."

"세훈이한텐 그런 말 안 하잖아."

"남자랑 여자랑 같나. 지 좋다는 거 하게 돼. 춤출 때 얼마나 예뻐. 여잔 일단 예쁘고 봐야지. 우리 세은이도 나중에 턱 좀 깎고 쌍꺼풀만 해주면 뭐."

"요즘 세상이 얼굴만 가지고 돼? 예쁜데 똑똑하기까지 해봐, 예쁜데 공부라도 잘해보라고. 그건 당신이 더 잘 알지 않아? 당신이 맨날 얘기하는 그 여직원, 얼굴도 예쁘고 날씬한데 대학교도 좋은 데 나왔다면서 침이 마르게 칭찬하잖아."

"남들한테 내보이려고 대학교 보내? 공부 백날 해서 석박사 따봤자 뭐에 써. 똑똑한 것들보다 예쁜 것들이 더 시집 잘 가더라. 안 그래?"

"당신 말대로 똑똑한 놈, 잘난 놈 만나려면 걔네들 노는 데서 같이 놀아야 할 거 아냐. 대학이라도 멀쩡한 데 가야……"

"근데 엄마."

어느새 딸아이가 다가와 있었다.

"내가 고르면 안 돼? 내가 선택하면 안 되고, 꼭 선택받아야 해? 엄마도 그랬어?"

남편이 키득거렸다.

"넌 왜 또 나왔어? 수학 숙제 끝냈어? 그거 다 한 다음에 리스닝 숙제도 해야 돼."

"엄마, 나 뮤비 30분만 보면 안 될까?"

"봐, 봐! 우리 세은이 마음대로 하세요."

손발이 맞아야 박수를 치지. 내가 간신히 공들인 규칙들은 남편의 생색내기에 곧잘 무너지곤 했다. 아이들이 제 아빠를 믿고 꾀를 부려도 괜찮다. 그것이 아빠의 선심이라는 것 정도는 아이들도 아니까. 다만 나는 아이들 앞에서 내 의견이 묵살당하고, 아무것도 아닌 존재가 돼버리는 것이 싫었다. 조만간 이 문제로 한바탕할 참이었는데 아들아이의 일이 터진 것이었다.

남편이 딸아이 옆에 바짝 붙어 앉았다. 넋이 빠지게 텔레비전을 보던 딸아이가 귀찮다며 제 아빠를 밀쳐냈지만 금세 둘이 뒤엉켜 깔깔거리며 장난을 치기 시작했다. 요근래 딸아이의 봉긋해진 가슴이, 투덕투덕 살이 오른 엉덩이와 허벅지가 예사롭게 보이지 않았다.

*

이렇게까지 할 필요가 있느냐 했던 남편은 내심 또 그렇게 싫은 것만도 아닌 모양이었다. 일요일 아침부터 밖으로 내모는 건 반칙이라고 하면서도 볼링을 칠까, 등산을 갈까 혼자 분주했다. 시험이 일주일밖에 안 남았다며 싫다는 아들아이의 등을 떠민 건 나였다. 자기도 따라가겠다는 딸아이는 샐쭉한 표정을 지었지만 나는 완강하게 고개를 저었다. 남편은 어쩔 수 없이 오늘은 남자들만의 시간이 필요

하다고 딸아이를 달랬다. 남편이 농구공과 수영복을 챙겨
달라고 해서 나는 얼린 물, 샌드위치와 과일 도시락까지
쥐여주었다.

"아빠랑 땀 좀 흘리고 와."

아들아이가 대답도 없이 어깨를 휙 돌려 나가버렸다. 어
깨라도 두드리려 뻗은 손은 아들아이의 어깨에 닿지도 못
한 채 허공에 머쓱하게 머물러버렸다. 선뜩한 공기가 현관
에 무겁게 가라앉았다. 딸아이 방에선 아이돌 노래가 흘러
나왔고 나는 현관에 꼼짝없이 서 있었다. 이 낯설고 차가
운 공기를 감내하는 게 왜 나 혼자만의 몫인지, 문득 억울
해졌다. 나는 서둘러 약을 털어 넣었다. 식욕이 돋지 않게,
축축 처지지 않게, 어떻게든 하루를 버텨야 한다는 마음으
로 약을 넘겼다. 그러고는 윤서 엄마에게 전화를 걸었다.

"일요일에 나오라고 해서 미안해."

"세은이는 혼자 있겠대요? 같이 나올 줄 알았는데."

"혼자 있는 게 더 좋대. 엄마 없으니까 신나게 핸드폰 하
겠지, 뭐."

"우리 애들도 나 없는 걸 제일 좋아해요. 그럴 땐 꼭 쓸
모없어진 것 같아서 쓸쓸하고."

"나만 그런 게 아니구나."

"다 똑같아요, 애들은."

저마다 카페 옆의 화장품 로드 숍 종이봉투를 손에 든 여학생들이 까르르거리며 카페 안으로 들어섰다. 나는 앞에 놓인 뜨거운 커피를 조심스럽게 마셨다. 건너편 테이블에선 머리를 맞대고 앉은 커플이 핸드폰을 보며 시시덕거리고 있었다. 기껏해야 고등학생이나 되었을까 싶었다. 카페에는 어린 학생들 무리와 커플들이 제법 많았다. 거리낌 없이 웃고 떠들고 장난치는 모습을 보니, 가슴이 또 답답해졌다. 내 표정을 읽었는지 윤서 엄마가 먼저 말문을 열었다.

"언니, 마음고생 심했구나."

"자기도 알고 있었지?"

고개를 끄덕인 윤서 엄마가 주변을 한번 둘러보더니 목소리를 낮췄다.

"언니, 사실 나도 비슷한 일을 겪은 적이 있어요. 우리 큰애."

"윤찬이?"

"응. 내가 걔 때문에 속 썩은 거 생각하면……"

윤서 오빠 윤찬이도 모범생으로 유명한 아이였다. 윤찬이를 보면서 내 아들아이도 저렇게만 커주면 좋겠다, 싶었던 적이 한두 번이 아니었다. 공부면 공부, 운동이면 운동, 예의는 또 얼마나 바른지. 그런 윤찬이가?

"언니 앞이니까 내가 편하게 말할게. 언니도 알다시피 우리 윤찬이가 전교 1, 2등을 한 번도 안 놓친 애잖아요. 그런데 작년 2학기에 등수가 뚝뚝 떨어지는 거예요. 전교 10등 밖까지. 말이 안 되잖아요. 그래서 알아보니까······ 아휴, 속상해."

윤서 엄마가 내 쪽으로 몸을 더 내밀었다. 윤찬이와 성적으로 경쟁하던 여자애가 있었는데 이 여자애가 작정을 하고 윤찬이를 꾀어 공부를 못 하게 했다는 것이다.

"일부러?"

"네에! 여자애가 몸으로 덤비는데 남자애가 어떻게 당해내느냐고요. 우리 윤찬인 처음 경험했으니 홀딱 빠져서 정신을 못 차린 거예요. 여자앤 깜찍하게 저 혼자 공부해서 1등 가져가고. 우리 윤찬이만 바보 됐었잖아요."

"여자애가 정말 그러려고 그랬대?"

"다른 이유가 있어야 말이죠. 둘이 맨날 전교 1, 2등 가지고 엎치락뒤치락하던 애들이었거든요. 승산이 없다 싶으니까 여자애가 최후의 수단을 쓴 거죠. 등수 나오자마자 냉큼 헤어진 거 보면 뭐."

윤찬이와 그 여자애는 사귄 걸까? 아니면 아들아이처럼 스트레스를……

"세훈이는 뭐래요? 우리 윤찬인 자기네들은 사귄 거래요. 자기가 공부를 안 한 거지, 여자애 잘못이 아니라면서 끝까지 여자애를 감싸는데. 아휴, 울화통 터져. 그게 믿어져요?"

나는 믿어졌다.

"더 열받는 건요, 알고 봤더니 그 앙큼한 여자애 별명이 1등 킬러래요."

윤서 엄마의 동그란 눈이 더 커진 것 같았다.

"자기랑 등수 싸움 하는 남자애들만 사귄다는 거예요. 경쟁자 떨어뜨리기 위해 몸까지 써서 달려드는 걸 어느 남자애가 이겨내겠어요. 소문날 걸 무서워하지도 않는 여자애인 걸 보면 확실히 독종인데, 학교에 고발할 수도 없고."

혹시 아들아이와 했던 여자애들도 그런 걸까. 차라리 그런 이유였다면 마음이 놓일 것 같은 기분이 드는 건 또 무슨 연유인지. 윤서 엄마는 자기 아들이 피해 본 것이 아직도 화가 안 풀린다고 했다. 나는 점점 의아해졌다. 그럼에도 불구하고 공부를 한 여자애와 그래서 어쩔 수 없이 성적이 떨어진 남자애라니.

"언니, 나도 딸을 키우지만, 요즘 여자애들은 정말 못 당하겠어요. 공부면 공부, 잔머리면 잔머리. 어수룩한 남자애들만 피해본다니까. 내가 그래서 세훈이 얘기 듣고 가슴이 철렁했잖아요. 언니가 얼마나 속상할지 아니까."

나는 한숨을 길게 내쉬었다. 언니, 근데 이런 일들을 우리만 겪은 것도 아니래요. 학교마다 그런 여자애들이 꼭 하나씩은 있다네. 글쎄, 어느 학교에선…… 하여간 요즘 여자애들은 그래서…… 그런가 하면 또 어떤 여자애들은…… 하고 윤서 엄마는 봉인이 풀린 듯이 거침없이 소문을 늘어놓았다. 윤서 엄마의 논리대로라면 성적에 목숨 건 여자아이는 되바라진 여자애였고, 성적에 관심 없는 여자애들은 아이돌이나 따라다니면서 화장이나 하는 골 빈 여자애였다. 윤서도 내 딸아이도 요즘 여자애들이라는 것을 잊은 사람 같았다.

건너편에 앉은 어린 커플이 쪽 소리가 나게 뽀뽀를 하더니 자리에서 일어났다. 입술만 도드라지게 빨갛게 반짝이는 여자애와 코 밑이 거무스레한 남자애가 서로 배시시 웃으며 카페를 나서는데, 그게 나는 참 예뻐 보였다. 아들에게는 결여된 저 또래만이 가질 수 있는 평범한 정서가 눈부셔 보였다.

"쟤들 부모는 자기 자식이 저러고 다니는 거 모르겠죠?"

나는 윤서 엄마와 상의를 하고 싶었다. 세훈이 같은 아이와 한 반이라는 걸 불쾌해할 여자아이들이 염려되었기 때문이다. 아이들이든 엄마들이든 사과를 요구하면 기꺼이 할 생각이었다. 이런 일이 다시 불거지지 않도록 단속시키겠다고 몇 번이고 고개를 숙일 수도 있었다. 반성할 줄 모르는 아들 대신 엄마인 나라도 진심을 보여야 할 것 같았다. 그러나 윤서 엄마는 이런 내 심정을 이해해줄 사람이 아닌 것 같았다. 윤서 엄마도 나와 다르게 세상을 보는 사람이었던 것이다.

"윤서 엄마야, 부탁했던 거……"

윤서 엄마가 반으로 접은 메모지를 내게 건넸다.

"윤서가 소문으로 들었다는 거랑, 엄마들한테 전해 들은 것도 같이 적어봤어요. 생각보다 많진 않더라고요. 전화번호 못 찾은 애도 있고."

아들아이와 어울렸다는 여자애들의 이름과 연락처였다. 차마 펼쳐보기가 두려워 받자마자 핸드백에 넣었다. 아직 뭘 어떻게 해야 할지 몰랐다. 그래도 남편이나 아들처럼 가만히 있는 것이 최선이라는 데에는 동의할 수 없었다.

"언니, 엄마들이 뭐라고 하는 줄 알아요? 그래도 세훈이가 똑똑한 애라고, 그런 것에 조금도 안 흔들리고 제 페이스대로 공부하는 거 보면 보통 애는 아니라면서, 다들 새삼 놀랐어요. 언니 듣기 좋으라고 하는 소리가 아니라 정말로. 나도 다시 봤다니까."

나는 윤서 엄마를 물끄러미 쳐다봤다. 윤서 엄마는 진심으로 나를 위로하고 있었고, 아들아이가 나쁜 애가 아니라고 변명을 해주었으며, 마치 스스로에게 다짐하듯 남자들은 다 그렇게 큰다고들 하니까 염려하지 말자는 말까지 건넸다. 어쩐지 창피한 마음이 들었다. 그래서 나는 고맙다는 거짓말을 해버렸다.

윤서 엄마와 헤어질 무렵에야 윤서의 안부를 묻게 되었다.

"윤서는 잘 지내지? 야무져서 엄마 걱정할 일을 만들지도 않을 테고."

윤서 엄마가 해맑게 웃으며 답했다.

"그럼요, 우리 윤서는 그저 순진해빠져서 공부밖에 몰라요."

윤서는 되바라진 여자애구나. 그럼 윤서 엄마는 어떤 여자아이이였을까. 나는 또 어떤 여자아이로 사람들에게 평가받았을까. 그 평가 때문에 얼마나 많은 여자아이가 스스로를 속이고 살아왔던 걸까. 그나저나 그 평가는 누구의 시선에 의해 결정된 것인지 궁금해지기 시작했다.

윤서 엄마를 먼저 보내고 혼자가 된 후에야 나는 간신히 윤서 엄마가 건넨 쪽지를 펼쳤다. 모르는 아이들이지만 이름만큼은 하나같이 곱고 예뻤다. 나는 그 이름을 외울 때까지 여러 번 읽고 또 읽었다.

집에 돌아오니 딸아이 얼굴이 가관이었다. 꼭 요즘 중고등학생처럼 얼굴은 새하얗고 입술만 새빨갛게 번들거렸다. 이모가 선물한 틴트와 쿠션을 발랐다며 입이 귀에 걸려 있었다. 진아가 왔다 간 모양이었다.

"얘는 연락도 없이……"

"아니야, 나한테 전화하고서 온 건데? 엄마 이것 봐봐."

아이가 숨이 넘어가듯이 나를 제 방으로 끌고 들어갔다. 창문과 벽면, 책장에 좋아하는 아이돌의 포스터가 정신없이 붙어 있었다. 딸아이 책상에는 열쇠고리, 이름표, 부채, 노트 등 아이돌 굿즈가 잔뜩 쌓여 있었고, 그렇게 가지고 싶다고 노래를 부르던 응원봉과 캐릭터 인형까지 멤버 수대로 놓여 있었다. 딸아이가 흥분할 만했다.

"엄만 내 최애가 누군지 또 까먹었지?"

"정한? 우지?"

"아니! 버논이라고 몇 번을 말해. 역시 이모가 대단해. 열쇠고리랑 포스터 다 버논 걸로 골라 왔잖아!"

"그렇게 좋아?"

"그럼!"

넌 아이돌이나 따라다니면서 화장이나 하는 골 빈 여자애겠구나.

"엄마, 이모는 글쎄, 멤버들 이름들을 다 외웠더라."

난 내 이름도 잊어버릴 때가 매일인데.

"참, 이모 이번엔 브라질 간대. 엄마한테 문자 한댔는데 받았어?"

확인하지 않은 메시지 하나가 깜빡거렸다.

한동안 안 들어올 거라 얼굴이나 보려고 갔다가 세은이만 보고 왔어. 세은이는 언니가 자기가 뭘 좋아하는지도 모른다더라. 애랑 대화를 좀 하세요. 요즘 엄마는 이혼하겠다고 성화야. 혼자 속 끓이지 말고 결혼한 언니랑 상의해보라고 했어. 만약 진짜로 엄마 이혼하거든 파티라도 하자. 난 내일 새벽 비행기야. 연락 안 돼도 걱정 마. 알아서 잘 살 테니까. 세훈이는 못 봐서 책상 위에 용돈만 놓고 왔어. 내가 좀 멋진 이모지! Tchau!

나와 진아가 아주 다르게 살아가는 건 그저 아주 다른 선택을 했기 때문이었다. 세상의 통념에 따라가지 않은 진아의 선택만 옳은 것이 아니듯, 내가 의심 없이 결혼과 출산을 선택한 것은 미숙하고 게을러서가 아니었다. 통념에 의문을 품지 않고 기혼 여성이 된 것을 잘못된 판단이었다고 자책할 필요도 없었다. 이제는 진아의 삶을 흠모하고 싶지 않았다. 문자를 다 읽은 후 핸드폰을 침대 위로 던져버렸다. 누군 좋은 이모 할 줄 몰라 안 하니? 자기 한 몸만 겨우 거둘 줄 아는 게 어디 언니한테! 딸아이가 방문 옆에서 나를 지켜보고 있었다. 손에 쥔 응원봉이 번쩍번쩍 요란하게 빛났다. 내가 또 소리를 내서 혼잣말을 했던가.

"엄마한테 할 말 있어?"

딸아이가 고개를 가로저었다. 옷을 갈아입고 화장을 지우는 나를 가만히 쳐다보던 딸아이가 조심스럽게 물었다.

"엄마, 피곤해?"

"아니."

"기분 안 좋은 일 있었어?"

"응, 조금."

"아! 그럼 방해 안 할게."

뒤돌아 제 방으로 가는 딸아이를 불렀다.

"세은아. 그거 이름이…… 캐럿봉! 맞지, 캐럿봉!"

"응. 맞어. 고마워. 엄만 커피 한 잔 마시고 좀 자."

씩 웃는 딸아이를 보니 마음이 풀렸다. 그래서 엄마한테 딸 하나는 있어야 된다고 하는 모양이었다. 쿵! 닫히는 문 소리에 소스라치게 놀랐다. 탈칵, 무슨 비밀이 있다고 방 문까지 걸어 잠그고. 사춘기가 시작되면 엄마가 뭘 아느냐 며 내치겠지. 종종 딸아이 마음을 아이돌과 나눠 갖고 있 다는 기분이 들곤 했다. 내 지분은 앞으로 점점 더 사라지 겠지. 다른 아이돌이, 더 많은 친구가, 언젠가는 연인들이 내 지분을 파내 가겠지. 나는 그냥 밥이나 해주고 빨래나 해주는 사람으로만 남겠지. 아이의 세상에서 내 자리는 그 렇게 사라지겠지. 왈칵 울음이 터졌다. 나는 조용히 방문 을 닫았다. 터진 울음이 쉽게 그칠 것 같지 않았다. 이게 모 두 갱년기 때문이었다. 부디 그랬으면 싶었다.

세상의 모든 여자가 갱년기를 겪는 걸까. 그건 마땅히 겪고 참아내면 되는 시간일까. 폭풍우가 지나가길 바라는 마음으로, 석류 음료나 마시면서, 호르몬제와 여성 비타민 제를 찾아 먹고, 어떻게든 친구들을 만나 맛집을 돌아다니 다 보면 이 시기는 끝나는 걸까. 그래도 끝까지 자기 할 일 은 해내다 사라지겠다는 듯이, 날짜가 되니 생리가 시작되었다. 양도 적은 데다가, 색도 선명하지 않은 생리혈을 내려다보니 어쩐지 맥이 빠졌다. 요즘은 폐경이라는 말을 안 쓴다더니, 이렇게 시들거리다 말 것을 완경이라고 불러도 되는 것인지 의아할 지경이었다. 묵직했던 아랫배와 뭉친 가슴이 어느새 물살처럼 출렁였다.

그날 저녁, 남편과 아들아이는 땀에 절어 귀가했다. 아들아이가 씻는 동안 남편은 소식을 물어온 제비 새끼마냥 재잘댔다.

"당신 걱정 안 해도 되겠어. 슬슬 말하는 걸 들어보니 문제가 많은 계집애들이더라고. 원래 유명한 것들이래. 그래도 내가 당신 생각해서 한마디 했네. 네 체면이라는 것이 있는데 너무 헤픈 것들이랑은 좀 그렇지 않느냐고, 모양새라는 게 있는 거다, 그러니까 또 고개를 끄덕이대. 금방 알아듣더라고. 한동안은 좀 자제하자는 말도 했어. 엄마 심기 건드려봤자 너나 나나 굶기 딱 좋다고. 말귀 다 알아들은 모양이니까, 이제 당신도 인상 좀 펴."

샴푸 냄새를 풍기는 젖은 머리로 식탁에 마주 앉은 남편과 아들아이는 서로의 몸을 툭툭 쳐가면서 키득거렸다. 남편과 아들아이가 저렇게 거리낌 없이 웃는 모습을 보는 것이 점점 더 불편했고 불쾌했다. 풀어야 할 문제는 아들의 체면과 나의 심기가 아니었다. 나는 여자애들 이름이 적힌 메모지를 쥐고 식탁 앞에 앉았다. 남편의 동의가 없어도, 아들아이가 수긍을 안 해도 나는 할 말을 할 참이었다. 그때 화장실에서 딸아이가 소리를 질렀다.

"엄마! 엄마, 엄마!"

딸아이는 검붉은 얼룩이 묻은 팬티를 벗어 든 채 울먹이고 있었다. 초경이었다.

두 다리를 어정쩡하게 벌린 채 서 있는 아이를 일단 다시 변기에 앉히고, 허벅지 안쪽에 묻은 핏자국을 닦아주었다. 벌벌 떨던 딸아이가 그예 울음을 터뜨렸다. 다 배운 건데, 다 아는 건데도 무섭다고 말하는 딸아이가 측은했다. 나는 딸아이를 깊게 안았다.

딸아이를 품에 안고 있자니, 아들아이가 만난 여자애들이 떠올랐다. 그 아이들도 생리를 할 텐데, 걔들도 처음엔 무섭고 떨렸겠지. 누군가 그 아이들을 안아주면서 괜찮다고, 너희 잘못이 아니라고 말해주었으면.

"엄마, 엄마도 울어? 왜 울어. 나 안 울게, 울지 마."

네가 여자여서, 세상의 온갖 부당함과 불편함을 이제 어린 너와도 나눠 갖게 된 것이 서글프기 때문이라는 걸 말할 수는 없었다. 영문을 모른 채 내 등을 쓰다듬던 딸아이는 금세 울음을 그치고는 생리대를 혼자 붙여보겠다고 끙끙댔다. 그렇게 어린애였다.

　남편과 아들아이는 어쩔 줄 모르고 식은 음식 앞에서 아내와 딸을, 엄마와 여동생을 기다리고 있었다. 겨우 제 손으로 처음 생리대를 한 딸아이가 어색하게 웃으며 그들에게 걸어갔다. 어기적거리며 걷는 걸 보니, 나는 누구에게든 마음껏 미안하다고 고백하고 싶었다. 지예야, 수민아, 가영아, 혜빈아, 다은아…… 나는 쪽지에 적혀 있던 이름들을 가만히 불러보았다. 그러고 보니 딸아이와 나의 생리주기가 같을 모양이었다.

네 여자 이야기

박혜진
(문학평론가)

색면 화가였던 마크 로스코의 그림이 변해가는 과정은 그가 표현하는 감정, 나아가 그가 경험하는 감정이 변해가는 과정과 일치한다. 다양한 색깔로 구성된 초기와 달리 후기로 갈수록 로스코의 그림은 무채색에 가까워진다. 말년에 그는 팝아트의 유행이 명상적이고 종교적인 자신의 작품을 소외시키자 긴장과 신경쇠약에 빠져 명성을 유지하는 일에 집착했던 것으로 전해진다. 우울증으로 고통받던 중 항우울제 과다 복용과 그에 따른 중독으로 자살에 이르렀다는 사실은 무채색에 가까워지는 그의 그림이 자신의 내면을 반영한다는 사실을 말해준다. 마크 로스코는 마지막 작품에서 빨강으로 가득한 화폭 한가운데 희붐한 흰색 선을 두었다. 백지를 덮어버린 빨간 화면에 간신히 존재하는 흰색은 채워 넣지 않은 공간이다. 다른 무엇일 수 있는 가능성이다. 소멸해가는 색채를 통해 사라져가는 감정만을 보여주던 그가 강렬한 빨강 속에서 아직 사라지지 않은 백지의 공간을 남겨둔 것은 생이 소멸해가는 순간까지 사라지지 않은 단 하나에 대한 질문이 아닐까. 마지막 순간까지 사라지지 않을 한 가지가 누구에게나 있다. 그러나 어리석은 우리는 그것이 무엇인지 끝내 알지 못해서 자신을 잃는다.

「미아」「기만한 날들을 위해」에는 공통적으로 마크 로스코의 그림이 등장한다. 마크 로스코는 자신의 그림을 보는 방법으로 작품과 관람자 사이의 적정 거리 45센티미터를 제안했다. 그의 그림이 가로세로 2미터에 달하는 큰 사이즈였음을 감안할 때 45센티미터는 적정 거리가 결코 아니다. 작품 전체를 감상하기에 너무나도 가까운 거리지만 이는 작품을 '보는' 거리가 아니라 작품에 포함되어 작품 자체가 '되는' 거리다. 마크 로스코는 관람자들이 자신의 그림을 통해 감정 그 자체를 경험하기를 바랐다. 노랑이라는 색깔을 보는 것이 아니라 노랑을 통해 전달되는 감정을 경험하기를 바랐다. 노랑을 뒤집어쓰거나 노랑에 빠지는 것. 노랑을 베고 눕거나 노랑을 덮고 눕는 것. 그에게 색깔은 감정을 교환할 수 있는 궁극의 언어이자 유일한 언어였을 것이다.

커다란 노랑 앞에 붙어 서 있으면 나는 환하고 따듯한 품에 포함되고 싶은 일치의 감정을 느낀다. 흰색과 검은색으로 분할된 그림 앞에 붙어 서 있으면 색이 발생하기 이전, 혹은 색이 사라진 이후처럼 다른 시공간에 대한 감정을 느낀다. 감정을 경험하고자 하는 욕구는 감정의 결핍에서 기인하는 욕망일 수도 있고 과잉에서 비롯된 욕망일 수도 있으며 통제할 수 없는 상황에 따른 것일 수도 있다. 예술이 우리가 가질 수 없거나 가질 필요가 없는 것을 만들어낸다고 말한 것은 앤디 워홀이었지만, 마크 로스코의 그림이야말로 가질 수 없거나 가질 필요 없는 감정을 만들어 감정에 장악되기 쉬운 우리로 하여금 감정을 선택적으로 경험할 수 있도록 한다. 통제되지 않는 감정은 흔히 우울증의 이름으로 나타나 우리를 이리저리 끌고 다닌다. 모두가 알지만 아무도 모르는 우울증. 마크 로스코의 그림이 변해갔던 것처럼 색깔이 사라져가는 과정. 로스코의 그림이 등장하는 장소는 소설 속 주인공들이 다니는 병원의 정신과 복도다. 자신을 앓는 이들의 병명은 우선, 우울증이라 불린다.

우울증이라는 이름으로 불리는 이것은, 어떤 구체적인 설명으로 정의될 수 없는 신기루나 환상이나 환각처럼 내 생각 속에 자리를 잡고, 내가 나 자신을 파멸시키듯 나와 가까운 모든 사람의 삶 속으로 기어들어가 그들을 파멸시키고 있었다. [……] 나는 알코올중독자나 거식증 환자, 마약 중독자가 아니었다. 만일 이런 중독자라면, 사람들은 술이나 음식, 구토, 체중 감소, 주삿바늘을 탓하지는 않을 것이다. 내가 이런 중독자라면 내 부모는 이 구체적인 문제를 해결할 방법에 대해 밤 늦게까지 논쟁을 벌일 수 있을 것이다. 하지만 그들은 근본적으로 어떤 용어로도 규명할 수 없는 존재에 대해 옥신각신하고 있을 뿐이었다.

— 엘리자베스 워첼, 『프로작 네이션』, 김유미 옮김,
민음인, 2011, p. 98.

『잃어버린 이름에게』는 중부지방 신도시에서 살아가는 네 여성의 사연이 몸과 마음을 중심으로 느슨하게 연결된

연작소설집이다. 이들은 같은 정신과의 같은 의사에게 치료를 받는 환자이거나 같은 카페를 이용하는 손님으로서 중부지방 신도시라는 공간을 공유한다. 그러나 이들을 연결하는 것이 같은 공간을 스치는 가벼운 인연만은 아니다. 이들을 묶어주는 것은 오히려 각자의 상황에서 저마다의 방식으로 방향과 속도를 잃은 채 멈춰 있는 상태적 동일성이다. 『잃어버린 이름에게』를 읽으며 우리는 여성이 느끼는 몸과 마음에 대한 상실의 감각을 경험한다. 우울이라고 알려진, 그러나 누구도 완전하게 이해할 수 없는 미지의 감정에 고립된 사람들은 무채색이다. 그들은 로스코의 노랑을, 초록과 파랑의 혼합을, 어쩌면 빨강을 원하고 있을지도 모른다. 그녀들은 어디가 아픈 걸까. 네 편의 소설을 읽는 우리도 "근본적으로 어떤 용어로도 규명할 수 없는 존재에 대해 옥신각신"하는 걸 피할 수는 없다. 그러나 로스코의 색면 작품을 닮은 네 편의 소설은 우리에게 그들의 무채색을 경험하게 한다. 45센티미터 거리에서 로스코가 그린 감정으로 들어가듯 우리도 김이설이 그린 감정으로 들어가보자. 우리는 이제 네 여자가 된다.

소영의 마음

「미아」의 소영은 다 잃어버린 것 같다. 설레거나 신났던 일들, 행복하고 기뻤던 일들이 하나도 기억나지 않는다. 자신이 무엇을 좋아하는지도 모르겠다. 소영은 그저 자신을 방치하고 있다. 두 달 동안 종일 과자만 먹으며 영화만 봤다. 무려 4백여 편. 좀처럼 씻지 않고 말수는 줄었으며 표정도 사라졌다. 깜빡깜빡 잊는 일이 잦고 외출을 꺼리는 동안 살은 10킬로그램이 쪘다. 자신을 아무렇게나 내버려두는 소영이 탐탁지 않은 남편은 소영에게 정신과 상담을 받아보라고 제안한다. 제대로 된 대화를 시도해보려는 노력은 조금도 하지 않고 다짜고짜 우울증과 관련된 책을 사들이는 것으로 자신의 상태를 규정하는 남편이 못마땅한 소영이었지만 스스로도 자신이 왜 이렇게 되었는지 몰라 당혹스럽고 울화가 나던 참이었다. 가슴이 답답한 소영은 남편의 제안에 따른다. 사실 그녀도 안다. 자신이 전과 같지 않다는 걸. 어딘가 이상하다는 걸.

소영은 남편이 사다 놓은 책을 보며 우울에 대해 학습한다. 그러나 같은 책을 읽어도 두 사람이 느끼는 바가 같은지는 알 수 없다. 소영은 오히려 남편이 사 온 책을 읽으며 남편과의 간극을 느낀다. 그녀는 다니던 직장을 휴직하고 남편의 직장이 있는 중부지방 신도시로 이사했다. 주말부부로 지냈던 적도 있으나 아이를 갖기 위해 노력하는 데 주말부부로 지내는 건 걸림돌이 되었다. 시간은 가고 아이는 생기지 않았다. 그사이 직장에서 차곡차곡 경력을 쌓은 남편과 달리 소영은 "집에 들어앉아버린 여자"(p. 134)가 됐다. 소영은 뒤처지고 있다는 생각과 불안감에 사로잡혀 자꾸만 서글퍼졌다. 중부지방 신도시로의 이사가 소영에게 가져다준 스트레스는 남편과 공유할 수 없는 자신만의 고통이었다. 낯선 도시에서 오직 남편만을 알고 지낸다는 사실이 주는 고립감을 이해해줄 사람은 없었다. 남편과의 관계에서도 완전한 단절이자 완벽한 소외를 느꼈다.

"안개가 짙게 가라앉고 그 안개 위에 발을 디디고 싶은 생각? 그렇게 죽어도 괜찮겠다는 생각에 시달릴 때가 많아요"(p. 130). "우울증의 전형이에요"(p. 136). 병원에서 소영이 느끼는 복잡한 감정과 심리적 상태는 간단명료하게 정의된다. 우울증. 그것도 전형적인 우울증. 이렇게 규정하는 순간 소영의 감정에는 깊이가 사라진다. 의사의 상담, 남편의 규정을 통해 자신의 상태를 파악하려고 했던 소영은 의사의 처방으로는 못다 해결된 문제를 책을 통해 해결하려던 것이었을까. 그런 과정이 얼마쯤 효과가 있었을 수도 있겠다. 5개월 동안 치료를 받으니 감정은 확실히 무뎌진 것 같았다. 그러나 과신이었던 걸까. 남편과 대화하다 또다시 터져버린 감정과 멈추지 않는 눈물을 주체하지 못해 병원을 찾은 소영은 의사에게 자신의 상태를 설명하지만 처방되는 약은 공허하게 느껴질 뿐이다. 소영의 마음을 치료해줄 수 있는 것은 무엇일까. 자신을 어디에 두고 왔는지 모른 채 부유하는 소영의 손을 누가 잡아줄 수 있을까. 그런 손이 있기는 할까.

근원적인 소외감을 감당하지 못했던 소영은 병원 복도에 앉아 있다 눈이 마주친 중년 여성이 티슈를 건네주며 보낸 눈빛에서 위로를 느낀다. 로스코의 그림이 걸려 있는 바로 그 병원이다. 복도에 걸려 있는 로스코의 그림 네 점 중 소영이 가장 좋아한 것은 노랑, 검정, 보라, 연두와 파랑으로 채워진 그림이었다. 다른 그림보다 색이 많이 쓰였고 각각의 색 구분이 명확했기 때문이다. 구획이 명확하지 않은 로스코의 다른 그림과 달리 그 그림은 색의 사각형에 색을 꽉꽉 채워 표현하고 있었다. 각양각색의 감정이 살아 있는 것처럼 보여서 좋았다. 규정할 수 없는 소영의 마음을 위로해주는 건 증상을 규정하는 언어가 아니라 살아 있는 감정을 경험하는 것이었다. 살아 있음은 함께 느끼는 순간, 연결됐다고 느끼는 순간 찾아온다. 소영의 감정을 경험했을 또 다른 여성과의 연결. 티슈를 주고받는 두 여성의 거리는 45센티미터였을 것 같다. 45센티미터는 관조하고 지켜보는 거리가 아니라 참여하는 거리다. 타인의 슬픔을 이해하는 거리다.

근주의 몸

「우환」의 근주가 2년째 항우울제를 먹고 있다는 사실을 아는 사람은 아무도 없다. 남편도 모르는 이야기다. 지방 신도시로 이사 온 건 작년 여름. 이사 후 살이 찌기 시작해 3개월 동안 몸무게가 15킬로그램 가까이 불었다. 몸이 편해서 찐 살이 아니다. 아는 사람이 없는 건 물론이고 생전 발 디뎌본 적도 없는 곳으로의 이사는 근주에게 상상 이상의 스트레스가 되었다. 두 아이를 전학시키고 아이들이 학교에 잘 적응하는지 살피느라 긴장 상태였지만 정작 자신이 잘 적응하고 있는지는 살피지 못했다. 근주에게 이곳에서의 매일은 "살얼음판처럼 초조하고 불안"(p. 12)하기만 했다. 항우울제 덕분에 오르내리는 감정의 변화는 줄어들었지만 "종이 한 장 자르지 못하는 무딘 칼처럼 둔탁해진 것"(p. 16)도 문제였다. 그러니 자신에게 문제가 있다면 몸이 아니라 마음이어야 했다. 그러나 건강검진 결과 이상 소견이 나온 곳은 몸이었다. 건강검진 후 좀더 자세히 알아보기 위해 조직 검사를 하게 되었을 때, 추가 검사가 필요하다는 진단을 받게 되는 순간부터 검사 결과가 나오기까지 인생의 시계는 잠깐 멈춘다. 과거도 미래도 사라지고 모든 것이 지금 이 순간, 나 자신에게만 집중된다. "자궁경부 세포 검사상 반응성 세포 변화가 있습니다"(p. 9). 병원에서 보낸 메시지로 시작하는 소설은 "조직 검사 결과가 완료되었습니다. 가능한 시간에 내원 상담 부탁드립니다"(p. 39)라는 또한 번의 공지 메시지와 함께 끝난다. 언제나 문제는 마음이라고 생각했지만 마음도 몸이었다.

자궁암 검사를 한 근주는 정확도를 높이기 위해 추가로 조직 검사를 받는다. 조직 검사 결과가 나오기 전까지는 최대한 생각이라는 걸 하지 않으려고 한다. 근주의 엄마가 자궁암으로 자궁을 적출한 적이 있어 근주가 느끼는 불안감은 점점 커져간다. 환우 카페에 가입해 그들의 투병기를 읽고 있으면 어느 밤에는 한숨만 터져 나오지만 어떤 밤에는 이를 물고 투병 결심을 반복한다. 몸에 대한 근심과 불안은 자신의 몸에 가해진 폭력들을 상기시킨다. 산부인과 진료 의자에 누울 때마다 떠오르는 오래전 남편의 질문, 그러니까 산부인과 진료를 받을 때 성적인 흥분을 느끼느냐는 무지의 폭력이나 첫아이를 출산한 후 아이를 받은 의사에게 당했던 선뜩한 추행의 기억이 그것이다. 분만복으로 갈아입는 순간 출산을 위한 도구로 여겨지는 데 당혹감을 느꼈던 근주의 몸은 출산의 목적을 수행한 이후에는 차근차근 낡아가며 열심히 이상 신호를 보내기 시작한다. 「우환」은 엄마의 자궁경부암, 근주의 자궁 이상 소견과 조직 검사, 작은 아이의 초경으로 이어지는 자궁의 생애를 통해 다층적 욕망의 투사물이었던 몸이 그 역할을 다하고 온갖 병의 출현을 받아들이며 "낡아가는 몸"(p. 25)으로 변해가는 과정을 그린다.

삼대로 이어지는 종적 연결이 질병에 대한 불안을 배태하고 있다면 손에서 손으로 이어지는 횡적 연결은 치유의 가능성을 품고 있다. 누구에게도 이해받지 못한 마음을 옆자리에 앉아 있던 여성이 건네주는 티슈에서 위로받은 소영처럼 이 소설의 마지막도 근주가 건네주는 티슈 뭉치에 시선을 둔다. 아르바이트생이 중년 여성의 커피를 엎지른 바람에 작은 소동이 일어난 카페에서 근주는 중년 여성에게 티슈 뭉치를 건넨다. 한 손이 다른 손에게 건네는 티슈는 느슨한 연대라고 말하기도 힘든 찰나의 스침이지만 쏟아지는 눈물을 닦기 위해서든 쏟아진 커피를 닦기 위해서든 필요할 때 필요한 것을 전해줄 수 있는 손이야말로 항우울제에는 없는 치유의 힘을 지녔다. 우리가 타인의 외로움을 이해할 수 있는 이유는 우리 자신이 외롭기 때문이다. 한 외로운 존재가 다른 외로운 존재에게 건네는 티슈 한 뭉치는 오직 자기 자신만을 경험할 수 있는 인간이 타인과 연결될 수 있는 가능성의 사물이다. 손을 잡는 대신 건네는 티슈를 잡는다. 느슨한 연대는 약한 연대가 아니다.

선혜의 마음

「기만한 날들을 위해」의 선혜는 의사보다 약을 신뢰하는 편이다. 혼전 임신으로 스물다섯 살에 서둘러 결혼한 선혜는 아이를 낳기까지 대여섯 달을 제외하고는 신혼 생활을 즐길 여유가 없었다. 연년생으로 둘째를 낳는 바람에

선혜의 결혼 생활은 육아와 살림으로 점철되었다. 23년 동안 새벽에 일어나 새로 끓인 국과 세 개 이상의 반찬으로 아침상을 차렸다. 선혜 스스로도 자신을 밥해주는 사람 이상도 이하도 아닌 존재로 인식하는 날이 많아졌다. 특히 남편과의 관계가 문제였다. 딸아이는 엄마를 답답하고 의존적인 구닥다리로 취급했고 딸에 비해 둔감한 아들은 남편과 선혜의 관계에 관심조차 없었다. 작년 말 아들이 입대하고 올봄부터 딸이 대학 기숙사 생활을 시작하면서 선혜와 남편은 점점 더 소원해졌다. 우울증이 심해진 것도 올봄부터였다. 선혜와 남편의 관계는 아주 오래전에 뒤틀어졌고 그 상태로 23년이라는 시간을 지나왔다. 처음 두 사람이 관계가 어떤 모양이었는지 생각나지 않는 것도 당연한 일이다.

선혜는 뒤틀림의 시작을 첫아이 임신 후 만삭이었을 당시 자신의 성적 욕구를 충족하기 위해 외도를 허락해달라는 남편의 요구를 승낙했던 데에서 찾는다. 스물다섯 살의 선혜는 남편이 원하는 것을 하게 두는 것이 남편에게 사랑받는 방법이라고 믿었으나 이후로 남편을 향한 분노는 아이들을 향해 분출되기 일쑤였다. 아빠를 잘못 길들여놓았다며 딸아이의 책망을 듣기 전까지 선혜는 매일 같이 아이들을 괴롭혔다. 이것이 선혜가 정신과를 찾게 된 이유다. 남편의 부탁은 둘째 아이를 가졌을 때에도 반복됐다. 이후 주말부부로 지내는 동안에도 남편은 외도를 하며 배신을 이어갔다. 심지어 거기서 끝나지 않았다. 남편이 음란 사진과 동영상 링크 주소를 주고받으며 불법 행위를 저지르고 있다는 사실마저 알게 된 선혜는 주말부부 생활을 끝내고 남편이 있는 신도시로 이사했다. 이것이 선혜가 낯선 도시에 온 이유다. 선혜는 이혼이 아니라 폭로를 선택한다. 남편을 떠나는 대신 남편 옆에 남아서 남편을 괴롭히기로 한 것이다. 아이들에게 진실을 폭로하고 불법 행위에 동참한 남편 친구들의 아내에게 그들 남편의 진실을 폭로한다.

선혜의 폭로가 뒤틀린 23년을 바로잡는 선택이라고 할 수는 없을 것이다. 그들의 삶은 영원히 서로를 밀어내며 어떤 경우에도 만날 수 없는 평행선을 그릴 테다. 그러나 바로잡는다는 것은 무엇일까. 바로잡을 수 있는 관계는 없다. 같은 상황에서 동일한 선택을 하지 않는 것만이 고통의 연쇄를 끊을 수 있는 방법이고, 끊음으로써 같은 실수를 되풀이하지 않는 것만이 잘못된 관계 앞에서 할 수 있는 최선이다. 의사보다 약을 신뢰하는 선혜는 이야기를 들

216

어주고 고통에 공감하는 존재보다 문제 상황에 직접 개입하는 화학적 존재를 더 신뢰한다. 폭로는 약이다. 그러나 모든 약에 부작용이 있듯 선혜가 남편을 폭로할 때 평범하고 안정적으로 보이는 가정을 유지하는 주부이자 아내이며 엄마로서의 자신도 함께 폭파된다. 이미 사라졌으나 혼자서 붙들고 있던 허울뿐인 공동체를 그녀는 기꺼이 폭파시킨다. "내가 선택한 삶"(p. 68)이므로 그에 대한 결과 역시 자신이 짊어지고 간다는 생각도 버려야 할 것이다. 삶은 언제나 선택을 통해 변해가는 과정일 뿐이다. 선혜의 폭로는 바로잡기 위한 것이 아니라 결과를 과정으로 만들기 위한 선택이다. 변화에 대한 의지를 폭로라고 부를 수도 있다.

경년의 몸

그러나 변화는 쉽게 퇴락이라는 오명을 뒤집어쓴다. 이를테면 여성의 경우 월경이 끝나며 생식기능이 정지되고 남성의 경우에는 성 기능이 감퇴하며 몸의 노화가 시작될 때 이 시기를 흔히 갱년기라고 부른다. 하얗게 새치가 난

음부를 들여다보며 한숨을 내쉬는 「경년」의 '나'는 온갖 상황에서 갱년기 소리를 듣는다. 모든 게 다 갱년기 때문이라는 식이다. 사십대 중년을 지나며 노화하는 자신의 몸을 복잡다단한 심경으로 바라보는 '나'에게는 중학생 아들과 초등학생 딸이 있다. '나'는 중학교 학부모 모임에서 아들에 대한 이야기를 듣고 충격에 빠진다. 아들이 사귀지도 않는 여학생들과 섹스를 일삼는다는 것이다. 더 놀라운 것은 아들의 태도다. "사귀는 사람하고만 하란 법 있어?"(p. 172) 엄마가 바라는 만큼 성적도 내주고 있고 피시방이나 노래방도 안 다니는 '모범생'이라는 것이 그런 행위가 용인될 수 있는 조건이라고 생각하는 아들 앞에서 '나'는 할 말을 잃는다. 그런 한편 '나'는 양가적인 감정을 느낀다. 말도 안 된다는 소리라고 생각하면서도 아들의 말마따나 "공부에 방해가 되지 않는 선이라면"(p. 174) 타협하고 싶은 마음도 드는 것이다. 더욱이 아들을 '그런 아이'로 단정하여 규정하고 싶지 않은 마음도 있다.

'나'의 복합적인 감정과 달리 남편은 아들의 행동에 전혀 문제의식을 느끼지 못한다. 남편은 도리어 아들과 함께 섹스한 여학생들의 행동을 비난하는 데 열을 올린다. "어떤 년들이길래 그 나이에 몸뚱이를 함부로 굴려. 뭐 뻔해, 다 공부 못하는 것들이겠지. 아무튼 괜히 애 기죽이지 말고 적당히 넘어가. 호들갑 떨 일 아니야"(p. 175). 여학생들을 문제의 중심에 놓고 바라보고 싶어 하는 건 남편뿐만이 아니다. 아들을 둔 학교 엄마들 역시 같은 태도다. 내신 괴물인 여자애들 때문에 공부하기 힘든 세상이라거나 내신 1등 자리를 꿰차기 위해 공부 잘하는 남자애를 꾀어 성적을 떨어뜨린다는 말들이 그렇다. "딸만 있는 엄마들, 아들만 가진 엄마들"(p. 180)이 양분된다. '나'는 못내 찜찜하다. 스트레스 해소용 성관계를 묵인하는 것이 어른으로서 마땅한 태도인지 알 수 없기 때문이다. 남편은 이런 '나'에게 "가해자 코스프레"(p. 183)는 그만하라고 한다. '나'의 마음은 더 복잡해진다. 여자애들을 만나봐야 할 것 같은 생각에 연락처를 구하는 마음에는 혹시라도 아들에게 문제가 생길 상황을 미연에 방지하고 싶은 의도가 있기 때문이다. '나'는 남편과 다른 사람일까. 어쩌면 더 나쁜 사람은 아닐까.

'나'의 선택은 아들을 둔 엄마에서 딸을 둔 엄마로 자신을 전환하며 이루어진다. 딸아이의 초경을 바라보며 어느 틈엔가 자신도 남편과 아들의 시선을 따라 성적 대상으로 바라보고 있던 여자아이들의 몸이 지니고 있는 무한한 가능성을 뒤늦게 발견한다. '나'는 아들과 잠자리를 가진 여자아이들의 이름을 불러본다. 그 이름을 부를 때 잃어버린 '나'의 이름도 되살아날 것 같다. 아들의 출세에 집착하는 학부모로서가 아니라 비로소 자기 자신으로서 생각하고 판단하기 때문이다. 갱년기(更年期)는 갱년으로 읽을 수도 있고 경년으로 읽을 수도 있다. 전자의 경우 '반대'의 뜻이지만 후자의 경우 '변화'를 의미한다. 갱년이라는 말에는 퇴락의 뜻이 있지만 경년은 부정적 의미가 없는 가치중립적 언어다. 새치가 난 음모를 바라보며 갱년기 운운하는 이야기로 시작한 이 소설의 제목이 갱년이 아니라 경년인 것은 몸을 바라보는 특정하고도 편협한 시각에서 벗어나 몸을 좀더 객관적으로 바라보라는 제안이기도 하다.

우리는 언제나 무언가를 잃어버린다. 그러나 확실한 것은 잃어버린다는 사실뿐이다. 무엇을 언제 어떻게 잃어버릴지에 대해서는 조금도 먼저 알 수 없다. 가혹한 것은 잃어버린 후에도 무엇을 잃어버렸는지 알 수 없어서 공허한 마음이 무엇으로 채워질 수 있는지 모른다는 것이다. 그럴 때 우리는 병원을 찾기도 하고 책을 읽기도 하고 속내를 털어놓을 수 있는 사람에게 공감과 위로를 구하기도 한다. 『잃어버린 이름에게』에 수록된 네 편의 작품 속 여성들은 각자 고립된 섬이다. 낯선 도시라는 물리적 공간에 고립되어 있지만 근본적으로는 관계로부터 고립되어 있다. 자신을 둘러싸고 있는 경계가 무엇인지 알 수 없으므로 바깥의 존재들과 연결되는 법도 알 수 없다. 연결되기 위해서는 일단 그들 곁에 바짝 붙어 서야 한다. 이를테면 45센티미터의 거리로. 그다음엔 티슈라도 건네야 한다. 우울의 강을 건너기 위해서는 건네는 손으로 노를 저어야 한다. 건네는 손이 물길을 낼 수 있다. 네 여성의 손에서 손으로, 눈에서 눈으로 전달되던 감정을 경험하는 동안 내 손도 몇 번이나 움찔했다.

병리적 인간이었던 시간에서 벗어나게 해주었던 소설들을 묶는다.

아직 완전히 회복되지 않았다는 변명도 사족으로 남긴다.

나의 영원한 손정혜, 윤규미,

해설을 써주신 박혜진 선생님과

봄날의 벤치에서 떨리는 목소리를 들어준 최지인 님과

세심하게 소설을 읽어준 박선우 님의 이름을

천천히 소리 내어 발음해본다.

세상의 안녕과 안전을 염려하는 요즘,

당신은 부디 굳건히 건재하시라.

또한

당신만큼은 당신의 이름을 잊지 마시라.

그랬으면 좋겠다.

　내게 잃어버린 이름이었던 김지연에게 이 소설집을 바친다.

2020년 가을

김이설

수록 작품 발표 지면

우환 〈문장 웹진〉 2019년 11월호
기만한 날들을 위해 『문학사상』 2019년 8~9월호
미아 『악스트』 2018년 11/12월호
경년 『현남 오빠에게』 수록작